insel taschenbuch 3219

Rainer Maria Rilke

Es gibt nur – die Liebe

Rainer Maria Rilke
Es gibt nur – die Liebe

Über die Liebe
Ausgewählt und mit einem Nachwort
von Ulrich Baer
Insel Verlag

Umschlagabbildung: August Macke
Helles Haus, 1914

3. Auflage 2014
Insel Verlag Berlin

Erste Auflage 2006
insel taschenbuch 3219
Originalausgabe

Umschlag: Michael Hagemann
Vertrieb durch den Suhrkamp Taschenbuch Verlag
Druck: CPI – Ebner & Spiegel, Ulm
Printed in Germany
ISBN 978-3-458-34919-8

Es gibt nur – die Liebe

Verliebtsein

Die Frage, die Ihr Mann durch Sie an mich richtet, ist allgemein nicht zu beantworten; denn in der Art ihrer jedesmaligen *persönlichsten* Lösung wird sich herausstellen, ob der Einzelne mit seiner opfernden Einstellung sich selbst Schaden tut oder nicht. Selbst ein scheinbarer Verzicht auf eigene Ideale, um der Sorgfalt zu einem Anderen willen, muß nicht endgültiger Verzicht sein, sondern kann wiederum Bereicherung werden; denn wer für einen Anderen in großer Unterwerfung sich bemüht, der kann ja auch wieder in dem Anderen *das* großziehen, was er in sich selber vernachlässigt; und manch einem mag es schöner scheinen und lohnender, in einem geliebten Geschöpf oder einem groß begriffenen Gemeinwesen zur Blüte zu kommen, als im eigenen Dasein.

Das sind ja schließlich die Ereignisse und die Werte in der Welt: daß man immer wieder von einem hört, der Dinge, die man dunkel dachte, gesagt und Dinge, die man in guten Stunden gesagt, getan hat. Daran wächst man. Dieses Gefühl von Leitungen und Linien, die von entfernten Einsamen zu uns herübergehen und von uns Gott weiß wohin und zu wem: das halte ich für das beste Gefühl: es läßt uns einsam und schaltet uns doch zugleich in eine große Gemeinsamkeit ein, in der wir Halt und Hilfe und Hoffnung haben.

Warum, mein Gott, verbringt man sein Leben in Konventionen, die uns wie eine enge Verkleidung einschnüren und die uns davon abhalten, die unsichtbare Seele zu verwirklichen, diese Tänzerin unter den Sternen!

Die Liebe, ist diese nicht zusammen mit der Kunst die einzige Lizenz, die menschlichen Bedingungen zu übersteigen, größer, großzügiger, trauriger zu sein, wenn das sein muß, als der gewöhnliche Mensch? Seien wir so, heldenhaft, [und] entsagen wir keiner der Vorteile, die unseren angeregten Zustand umtreibt.

Um es so zu sagen, sind tatsächlich wir, wenn wir dieses begonnene Glück in unsere Hände nehmen, vielleicht die ersten, die es zerstören. Es sollte auf dem Amboß seines Schöpfers bleiben, den Schlägen seines arbeitenden Hammers ausgesetzt. Legen wir unser Vertrauen in diesen bewunderswerten Künstler: es ist wahr, daß wir ständig die Stöße seines erbarmungslos nach den Regeln einer vollendeten Kunst geführten Werkzeugs fühlen. Doch zum Ausgleich dessen sind wir ebenso von Zeit zu Zeit daran gehalten, sein Lieblingswerk zu bewundern, das er zur endgültigen Vollendung führt: wieviel haben wir es schon dieses erste Mal bewundert! Wir sind nur in ganz geringem Ausmaß an unserer Liebe als Mitarbeiter beteiligt; und es ist eben darum, daß sie von banalen Gefahren nicht berührt werden kann. Machen wir es zu unserer Aufgabe, ihre Gesetze, ihre Jahreszeiten, ihren Rhythmus und den Gang ihrer Konstellationen durch ihren weiten besternten Himmel kennen zu lernen. Innehalten, meine Freundin, innehalten und bewundern! Ich weiß wohl, daß ich, indem ich so zu Ihnen spreche, uns eine ganz ungleiche Aufgabe auferlegt bleibt: Sie sind zu sehr Frau, um nicht unendlich zu leiden, *durch das, was an Liebes-Aufschub in dieser Auflage zu liegen scheint.* Und dann, was mich betrifft, indem ich mich ganz um meine Arbeit versammle, versichere ich mich der Mittel meiner entschiedensten Treue; während Sie, wenigstens in diesem Moment, indem Sie sich gegen Ihr Leben wenden, dieses durch halb-versteinerte Aufgaben blockiert finden. Lassen Sie sich davon nicht entmutigen, sehr Liebe; sehen Sie, dies wird sich ändern. Durch die Verwandlung Ihres Herzens selbst werden sie nach und nach die bleibenden Widerstände in der Wirklichkeit beeinflussen; Sie werden all das, was Ihnen undurchdringlich erscheint, durch ihr entflammtes Herz durchsichtig machen ... Denken Sie nicht zuviel an den Augenblick und bewahren Sie sich davor, das Leben in den Stunden des Nebels zu beurteilen, die Ihnen keinen Ausblick auf seine Weite gestatten.

Denn dies ist das Wunder, das an den wirklich Liebenden jedesmal geschieht: je mehr sie geben, je mehr besitzen sie von jener köstlichen nährenden Liebe, aus der Blumen und Kinder ihre Kraft haben und die allen Menschen helfen könnte, wenn sie sie nehmen wollten, ohne zu zweifeln.

Einmal liebend, einmal entflammt, darf man sich nicht mehr für unglücklich halten; wer einmal den Eingang hatte in die Seeligkeit der Liebe, der *ist in ihr* und alle Entbehrung, alle Sehnsucht ist für ihn fortan nur noch das Gewicht, die Schwere seiner Fülle! Mag sein, daß ⟨sie⟩ ihm dann zum Leid, zum Leiden, zur Verzweiflung wird, daß er diese Fülle nicht anwenden, genau: nicht *dort* anwenden kann, wo sie ursprünglich ist verlangt und erwartet worden. Aber der Jüngling, der Mann, ist er nicht immer in der Lage des »Zauberlehrlings«, der mit der Beschwörung seines Herzens Mächte, Stürme erweckt, denen er nicht gewachsen ist; und vor denen er sich rettet (retten *muß* vielleicht), um das andere Maaß seines Lebens einzuhalten, das logische, das leistende, das scheinbar nüchterne, das der Liebe widerspricht und gelegentlich nur noch die Sinne zuläßt als eine Art Ausgleich der nach anderen Seiten hin übertriebenen Spannungen.

Was für eine rücksichtslose Herrlichkeit, aber wie *furchtbar*, Liebe zu entzünden, welcher Brand, welches Unheil, welcher Untergang. *Selbst* zu brennen freilich, wenn mans kann, ja das möchte wohl des Lebens und des Todes wert sein.

Schlecht leben die Geliebten und in Gefahr. Ach, daß sie sich überstünden und Liebende würden. Um die Liebenden ist lauter Sicherheit.

Partnerschaft

Clara und ich, lieber Friedrich, wir haben uns gerade darin gefunden und verstanden, daß alle Gemeinsamkeit nur im Erstarken zweier benachbarter Einsamkeiten bestehen kann, daß aber alles, was man Hingabe zu nennen pflegt, seinem Wesen nach der Gemeinsamkeit schädlich ist: denn wenn ein Mensch sich verläßt, so ist er nichts mehr, und wenn zwei Menschen beide sich selbst aufgeben, um zueinander zu treten, so ist kein Boden mehr unter ihnen und ihr Beisammensein ist ein fortwährendes Fallen. – Wir haben, mein lieber Friedrich, nicht ohne große Schmerzen, solches erfahren, haben erfahren, was jeder, der ein eigenes Leben will, so oder so zu wissen bekommt.

Man kann selten helfen, darum muß man, wo einmal die leiseste Möglichkeit dazu auftritt, ganz bei der Sache sein. Die »Caroline«, fühl ich, ist ein wenig Beistand für Sie, ich habe mich nicht geirrt, – ist es auch dieser Brief? Wie werden Sie ihn empfinden? Schreiben Sie mir, wie man einem Freunde schreibt, alles, – wir wollen ganz aufrichtig gegen einander sein. Nur so kann vielleicht etwas Nutzen herauskommen, und dann – für Beide. Helfen können heißt immer auch irgendwie sich selber helfen!

Einen nahen Menschen zu haben, in dem *entgegengesetzte* Ansichten mit einer tiefen überzeugten Freundschaft zusammengehen, kann von wunderbar entwickelndem Einfluß sein; denn solange man (wie meistens den Eltern und sonst älteren Leuten gegenüber) gezwungen ist, das Andere auch jedesmal für das Falsche, Arge, Feindliche zu halten, statt eben schlechthin für – das Andere, solange bekommt man keine gelassene und gerechte Beziehung zur Welt, in der ja jedes Raum haben soll, Theil und Gegentheil, ich und der von mir Allerverschiedenste. Und nur unter Voraussetzung und Zugebung einer solchen, vollzähligen, Welt, wird man auch das eigene Innere, mit seinen internen Kontrasten und Widersprüchen, weit und geräumig und luftig einrichten.

Auch ich stehe still und voll tiefen Vertrauens *vor* den Toren dieser Einsamkeit, weil ich für die höchste Aufgabe einer Verbindung zweier Menschen diese halte: daß einer dem anderen seine Einsamkeit bewache. Denn wenn das Wesen der Gleichgültigkeit und der Menge darin besteht, keine Einsamkeit anzuerkennen, so ist Liebe und Freundschaft dazu da, fortwährend Gelegenheit zur Einsamkeit zu geben. Und nur das sind die wirklichen Gemeinsamkeiten, die rhythmisch tiefe Vereinsamungen unterbrechen ... Denken Sie daran, als Sie Clara Westhoff kennen lernten: da wartete Ihre Liebe geduldig auf ein aufgehendes Tor, dieselbe Liebe, die jetzt ungeduldig an die Wände pocht, hinter denen die Dinge sich vollziehen, die wir nicht kennen, die ich ebensowenig kenne wie Sie, – nur daß ich das Vertrauen habe, daß sie mich tief und verwandt berühren werden, wenn sie sich mir einmal offenbaren. Und kann Ihre Liebe keine ähnliches Vertrauen fassen? Aus diesem Vertrauen allein werden ihr Freuden kommen, von denen sie leben wird, ohne zu hungern.

Und jetzt stehe ich zum Tode so, daß er mich mehr in denen erschreckt, die ich versäumt habe, die mir unerklärt oder verhängnisvoll geblieben sind, als aus denen, die ich, als sie lebten, mit Sicherheit liebte, wenn sie auch nur einen Augenblick in der Verklärung jener Nähe aufstrahlten, die der Liebe erreichbar ist. – Die Menschen hätten bei einiger Einfalt und Freude am Wirklichen (als welches von der Zeit völlig unabhängig ist) nie auf den Gedanken kommen brauchen, daß sie das, womit sie sich wahrhaft verbanden, irgendwann wieder verlieren könnten: kein Sternbild steht so zusammen; nichts Getanes ist so unwiderruflich wie menschlicher Zusammenhang, der ja schon im Augenblick, wo er sichtbar sich schließt, stärker und gewaltiger im Unsichtbaren vor sich geht, im Tiefsten: dort, wo unser Dasein so dauernd ist wie Gold im Gestein; beständiger als ein Stern.

Zwei Menschen, die in gleichem Grade leise sind, müssen nicht von der Melodie ihrer Stunden reden. Diese ist ihr an und für sich Gemeinsames. Wie ein brennender Altar ist sie zwischen ihnen und sie nähren die heilige Flamme fürchtig mit ihren seltenen Silben. Setze ich diese beiden Menschen aus ihrem absichtlosen Sein auf die Bühne, so ist mir offenbar darum zu tun, zwei Liebende zu zeigen und zu erklären, warum sie selig sind. Aber auf der Szene ist der Altar unsichtbar und es weiß keiner sich die seltsamen Gesten der Opfernden zu erklären.

Liebe

Es gibt keine Kraft in der Welt, als die Liebe, und wenn man sie in sich trägt, einfach nur *hat*, selbst wenn man rathlos bliebe, *wie* sie gebrauchen: sie wirkte und strahlte und hülfe doch aus einem hinaus und hinüber: diesen Glauben darf man nie verlieren, Simone, in ihm muß man einfach – (und wenn's nichts anderes wäre:) überstehen!

Und Sie dürfen sich nicht beirren lassen in Ihrer Einsamkeit, dadurch, daß etwas in Ihnen ist, das sich herauswünscht aus ihr. Gerade dieser Wunsch wird Ihnen, wenn Sie ihn ruhig und überlegen und wie ein Werkzeug gebrauchen, Ihre Einsamkeit ausbreiten helfen über weites Land. Die Leute haben (mit Hilfe von Konventionen) alles nach dem Leichten hin gelöst und nach des Leichten leichtester Seite; es ist aber klar, daß wir uns an das Schwere halten müssen; alles Lebendige hält sich daran, alles in der Natur wächst und wehrt sich nach seiner Art und ist ein Eigenes aus sich heraus, versucht es um jeden Preis zu sein und gegen allen Widerstand. Wir wissen wenig, aber daß wir uns zu Schwerem halten müssen, ist eine Sicherheit, die uns nicht verlassen wird; es ist gut, einsam zu sein, denn Einsamkeit ist schwer; daß etwas schwer ist, muß uns ein Grund mehr sein, es zu tun. Auch zu lieben ist gut: denn Liebe ist schwer. Liebhaben von Mensch zu Mensch: das ist vielleicht das Schwerste, was uns aufgegeben ist, das Äußerste, die letzte Probe und Prüfung, die Arbeit, für die alle andere Arbeit nur Vorbereitung ist. Darum *können* junge Menschen, die Anfänger in allem sind, die Liebe noch nicht: sie müssen sie lernen. Mit dem ganzen Wesen, mit allen Kräften, versammelt um ihr einsames, banges, aufwärts schlagendes Herz, müssen sie lieben lernen. Lernzeit aber ist immer eine lange, abgeschlossene Zeit, und so ist Lieben für lange hinaus und weit ins Leben hinein –: Einsamkeit, gesteigertes und vertieftes Alleinsein für den, der liebt. Lieben ist zunächst nichts, was aufgehen, hingeben und sich mit einem Zweiten vereinen heißt (denn was wäre eine Vereinigung von Ungeklärtem und Unfertigem, noch Ungeordnetem –?), es ist ein erhabener Anlaß für den Einzelnen, zu reifen, in sich etwas zu werden, Welt zu werden, Welt zu werden für sich um eines anderen willen, es ist ein großer, unbescheidener Anspruch an ihn, etwas, was ihn auserwählt und zu Weitem beruft. Nur in diesem Sinne, als Aufgabe, an sich zu arbeiten (»zu horchen und zu hämmern Tag und Nacht«), dürften junge Menschen die Liebe, die ihnen gegeben wird, gebrauchen. Das Aufgehen und das Hingeben und alle Art der Gemeinsamkeit ist nicht für sie (die noch lange, lange sparen und sammeln müssen), ist das Endliche, ist vielleicht das, wofür Menschenleben jetzt noch kaum ausreichen.

Wer ernst hinsieht, findet, daß, wie für den Tod, der schwer ist, auch für die schwere Liebe noch keine Aufklärung, keine Lösung, weder Wink noch Weg erkannt worden ist; und es wird für diese beiden Aufgaben, die wir verhüllt tragen und weitergeben, ohne sie aufzutun, keine gemeinsame, in Vereinbarung beruhende Regel sich erforschen lassen. Aber in demselben Maße, in dem wir beginnen, als Einzelne das Leben zu versuchen, werden diese großen Dinge uns, den Einzelnen, in größerer Nähe begegnen. Die Ansprüche, welche die schwere Arbeit der Liebe an unsere Entwicklung stellt, sind überlebensgroß, und wir sind ihnen, als Anfänger, nicht gewachsen. Wenn wir aber doch aushalten und diese Liebe auf uns nehmen als Last und Lehrzeit, statt uns zu verlieren an all das leichte und leichtsinnige Spiel, hinter dem die Menschen sich vor dem ernstesten Ernst ihres Daseins verborgen haben, – so wird ein kleiner Fortschritt und eine Erleichterung denen, die lange nach uns kommen, vielleicht fühlbar sein; das wäre viel.

Wir kommen ja doch eben erst dazu, das Verhältnis eines einzelnen Menschen zu einem zweiten Einzelnen vorurteilslos und sachlich zu betrachten, und unsere Versuche, solche Beziehung zu leben, haben kein Vorbild vor sich. Und doch ist in dem Wandel der Zeit schon manches, das unserer zaghaften Anfängerschaft helfen will.

Das Mädchen und die Frau, in ihrer neuen, eigenen Entfaltung, werden nur vorübergehend Nachahmer männlicher Unart und Art und Wiederholer männlicher Berufe sein. Nach der Unsicherheit solcher Übergänge wird sich zeigen, daß die Frauen durch die Fülle und den Wechsel jener (oft lächerlichen) Verkleidung nur gegangen sind, um ihr eigenstes Wesen von den entstellenden Einflüssen des anderen Geschlechtes zu reinigen. Die Frauen, in denen unmittelbarer, fruchtbarer und vertrauensvoller das Leben verweilt und wohnt, müssen ja im Grunde reifere Menschen geworden sein, menschlichere Menschen als der leichte, durch die Schwere keiner leiblichen Frucht unter die Oberfläche des Lebens herabgezogene Mann, der, dünkelhaft und hastig, unterschätzt, was er zu lieben meint. Dieses in Schmerzen und Erniedrigungen ausgetragene Menschentum der Frau wird dann, wenn sie die Konventionen der Nur-Weiblichkeit in den Verwandlungen ihres äußeren Standes abgestreift haben wird, zutage treten, und die Männer, die es heute noch nicht kommen fühlen, werden davon überrascht und geschlagen werden. Eines Tages (wofür jetzt, zumal in den nordischen Ländern, schon zuverlässige Zeichen sprechen und leuchten), eines Tages wird das Mädchen da sein und die Frau, deren Name nicht mehr nur einen Gegensatz zum Männlichen bedeuten wird, sondern etwas für sich, etwas, wobei man an keine Ergänzung und Grenze denkt, nur an Leben und Dasein –: der weibliche Mensch.

Dieser Fortschritt wird das Liebe-Erleben, das jetzt voll Irrung ist, (sehr gegen den Willen der überholten Männer zunächst) verwandeln, von Grund aus verändern, zu einer Beziehung umbilden, die von Mensch zu Mensch gemeint ist, nicht mehr von Mann zu Weib. Und diese menschlichere Liebe (die unendlich rücksichtsvoll und leise, und gut und klar in Binden und Lösen sich vollziehen wird) wird jener ähneln, die wir ringend und mühsam vorbereiten, der Liebe, die darin besteht, daß zwei Einsamkeiten einander schützen, grenzen und grüßen.

Und das noch: Glauben Sie nicht, daß jene große Liebe, welche Ihnen, dem Knaben einst auferlegt worden ist, verloren war; können Sie sagen, ob damals nicht große und gute Wünsche in Ihnen gereift sind und Vorsätze, von denen Sie heute noch leben? Ich glaube, daß jene Liebe so stark und mächtig in Ihrer Erinnerung bleibt, weil sie Ihr erstes tiefes Alleinsein war und die erste innere Arbeit, die Sie an Ihrem Leben getan haben.

Wieviel Zeit hatte er gebraucht, um seinen ältesten, verhängnisvollsten Fehler einzusehen: daß er Liebe, die auf ihn ausging, wie seine eigene Angelegenheit nahm, obwohl sie doch die entfernteste war, vielleicht überhaupt keine, indifferent wie der Zahnschmerz eines Fremden.

Warum in aller Welt hatte er sich dann immer veranlaßt gefühlt, den Zahnarzt zu spielen? Statt einfach nicht hinzusehen, nicht zu wissen. Es wäre eine herrliche Keuschheit seiner Natur gewesen, nicht zu verstehen, daß die anderen liebten, es einfach nicht zu verstehen. Aber auf ihn stürzte sich der Einfluß selbst aus dem möglichen Aufblick einer Vorübergehenden, bewog, rührte, verführte ihn. Und was ihn schließlich zu etwas Starrem, Anstehenden machte, das war die Gewalt so vieler ihn meinender, von ihm unterhaltener, unabgelehnter, halb hingenommener Gefühle. Alle Strömungen gingen auf ihn zu; er konnte mit keiner Empfindung aus sich heraus wider ihre Flut. Liebende schlossen ihn von allen Seiten ein. Er war in der Lage eines Gottes, der keinen Ausweg mehr hat auf der von ihm überfüllten Welt, dem nur die Senkrechte bleibt: Höllensturz oder Himmelfahrt. Daher seine Erfahrung, ein Gestorbener zu sein, da ihm alles Menschliche abgeschnitten war und er doch nicht des Göttlichen mächtig wurde.

Wenn sie ihm Blumen brachten, viel zu viele, zu schwere, übertriebene Blumen, so wünschte er ein Grab zu sein, um nicht die Mühe zu haben, sie zu ordnen und zu erhalten. Und sie kamen auch wie zu einem Grab zu ihm, dem Wehrlosen, der sich Rührung und Hingabe so schamlos gefallen ließ. Hatte er alle Jahre seines Lebens verbracht, ohne hart zu sein? Er entschloß sich, es zu werden in seinem achtunddreißigsten Jahr. Ändern, sagte er, ändern. In der Zeit, da seine ganze Natur unermeßlich danach begehrte zu lieben, sah er schmerzlich ein, daß er den Gegenstand seiner Liebe nicht finden würde, solange er gegen die, die ihn zu lieben meinten, empfänglich und nachgiebig war. Diese Gesichter, die sich zu ihm drängten, aufgeschlagen, verstellten ihm den Ausblick auf das scheue, gesenkte Gesicht der fremden Geliebten. Die Ahnung ihrer Züge erlosch in ihm über der Deutlichkeit derer, die gekommen waren, ihn zu lieben. Er wurde irre. Er stand an einer Straßenecke und wußte sie nicht mehr. Er wartete und wußte sie nicht mehr. Er konnte nicht mehr träumen: alle seine Zukunft war vorüber.

Dies ist in den unbegrenzten Himmeln der Arbeit die erste Seligkeit: daß einem ein viel früheres Ding wiedergegeben wird, damit man es mit der inzwischen gerechter gewordenen Liebe erfasse und zu sich stelle. Da beginnt die Korrektur der Einteilungen, wo Vergangenes wiederkommt, wie aus der Zukunft; einst Vollbrachtes als zu Vollendendes. Und dies ist die erste Erfahrung, die einen, aus der Reihenfolge heraus, auf die Stelle des eigenen Herzens stellt, die im Raum ist und immer gleich fern von allem und Aufgang und Untergang hat durch die unendliche Bewegung um sie …

Alle Liebe ist Anstrengung für mich, Leistung, *surmenage*, nur Gott gegenüber hab ich einige Leichtigkeit, denn Gott lieben heißt eintreten, gehen, stehen, ausruhen und überall in der Liebe Gottes sein.

Es gibt nur einen tödlichen Fehler, den wir begehen können, dies ist, daß wir uns aneinander binden, selbst nur für einen Augenblick.

Denn die Liebe ist das eigentliche Klima des Schicksals; so weit sie auch ihre Bahn durch die Himmel spannt, ihre Milchstraße aus Milliarden Sternen des Bluts, das Land unter diesen Himmeln liegt trächtig von Verhängnissen. Nicht einmal die Götter, in den Verwandlungen ihrer Leidenschaft, waren mächtig genug die irdische Geliebte, die erschrockene, flüchtende, aus den Verstrikkungen dieses fruchtbaren Bodens zu befreien.

Es gibt kein ärgeres Gefängnis als die Furcht, einem Liebenden weh zu tun.

Ist es nicht schön zunächst, sich zu versichern, daß die Liebe zu solcher Stärke führen kann, daß mit ihr im tiefsten Grunde etwas gemeint ist, was uns ganz übersteigt, und daß das Herz trotzdem die Kühnheit hat, dieses Über-uns-Hinausgehende zu unternehmen, diesen Sturm, für den eine ganze Schöpfung nötig wäre?

Und ist es ein Wunder, daß der Mann so lange gehalten hat, da er doch immer nur mit seinen dünnsten Stellen an der Liebe beteiligt war. Was spielt er in der Geschichte der Liebe für eine triste Figur: er hat da fast keine Stärke als die Überlegenheit, die die Tradition ihm zuschreibt, und selbst die trägt er mit einer Nachlässigkeit, die einfach empörend wäre, hätte nicht seine Zerstreutheit und Herzensabwesenheit öfters große Anlässe gehabt, die ihn teilweise rechtfertigen. Niemand aber wird mir ausreden, was an dieser äußersten Liebenden und ihrem schmählichen Partner sichtbar wird: daß dieses Verhältnis definitiv an den Tag stellt, wie sehr auf der einen Seite, der der Frau, alles Geleistete, Getragene, Vollbrachte der absoluten Liebesunzulänglichkeit des Mannes gegenübersteht. Sie empfängt gleichsam, banal deutlich gemacht, das Diplom des Liebenkönnens, während er eine Elementargrammatik dieser Disziplin in der Tasche hat, aus der ihm notdürftig ein paar Vokabeln eingegangen sind, daraus er gelegentlich Sätze bildet, schön und hinreißend wie die bekannten Sätze auf den ersten Seiten der Sprachlehren für Anfänger.

Geliebtsein heißt aufbrennen. Lieben ist: Leuchten mit unerschöpflichem Öle. Geliebtwerden ist vergehen, Lieben ist dauern.

Es liegt in der Natur jeder endgültigen Liebe, daß sie früher oder später den Geliebten nur noch im Unendlichen erreichen mag.

Die Frau hat etwas, das Ihre, Ihrigste, durchgemacht, geleistet, zu Ende geführt. Der Mann, der immer die Ausrede hatte, mit Wichtigerem beschäftigt zu sein, und der (sagen wirs offen) für die Liebe auch gar nicht genügend vorbereitet war, hat sich (die Heiligen ausgenommen) seit der Antike überhaupt nicht in die Liebe eingelassen. Die Troubadours wußten genau, wie wenig weit sie gehen durften, und Dante, in dem die Not ganz groß wurde, kam nur auf dem ungeheuren Bogen seines gigantisch ausweichenden Gedichts um die Liebe herum. Alles andere ist, in diesem Sinne, abgeleitet und zweiten Grades.

Das habe ich immer und immer wieder erfahren, daß es kaum etwas Schwereres gibt, als sich lieb haben. Daß das Arbeit ist, Tagelohn, Friedrich, Tagelohn; weiß Gott, es gibt kein anderes Wort dafür. Sieh, und nun kommt noch dazu, daß die jungen Menschen auf so schweres Lieben nicht vorbereitet werden; denn die Konvention hat diese komplizierteste und äußerste Beziehung zu etwas Leichtem und Leichtsinnigem zu machen versucht, ihr den Schein gegeben, als könnten sie alle. Dem ist nicht so. Liebe ist etwas Schweres, und sie ist schwerer denn anderes, weil bei anderen Konflikten die Natur selbst den Menschen anhält, sich zu sammeln, sich ganz fest mit aller Kraft zusammenzufassen, während in der Steigerung der Liebe der Anreiz liegt, sich ganz fortzugeben. Aber denke doch nur, kann das etwas Schönes sein, sich fortzugeben nicht als Ganzes und Geordnetes, sondern so dem Zufall nach, Stück für Stück, wie es sich trifft? Kann solche Fortgabe, die einem Fortwerfen und Zerreißen so ähnlich sieht, etwas Gutes, kann sie Glück, Freude, Fortschritt sein? Nein, sie kann es nicht ... Wenn Du jemandem Blumen schenkst, so ordnest Du sie vorher, nicht wahr? Aber junge Menschen, die sich lieb haben, werfen sie einander hin in der Ungeduld und Hast ihrer Leidenschaft, und sie merken gar nicht, welcher Mangel an gegenseitiger Schätzung in dieser unaufgeräumten Hingabe liegt, merken es erst mit Staunen und Unwillen an dem Zerwürfnis, das aus aller dieser Unordnung zwischen ihnen entsteht. Und ist erst Uneinheit unter ihnen, dann wächst die Wirrnis mit jedem Tage; keiner von den beiden hat mehr etwas Unzerschlagenes, Reines und Unverdorbenes um sich, und mitten in der Trostlosigkeit eines Abbruchs suchen sie den Schein ihres Glückes (denn um des Glückes willen sollte all das doch sein) festzuhalten. Ach, sie vermögen sich kaum mehr zu entsinnen, was sie mit Glück meinten. In seiner Unsicherheit wird jeder immer ungerechter gegen den anderen; die einander wohltun wollten, berühren einer den anderen nun auf herrische und unduldsame Art, und im Bestreben, aus dem unhaltbaren und unerträglichen Zustand ihrer Wirrnis irgendwie herauszukommen, begehen sie den größten Fehler, der an menschlichen Beziehungen geschehen kann: sie werden ungeduldig. Sie drängen sich zu einem Abschluß, zu einer, wie sie glauben, endgültigen Entscheidung zu kommen, sie versuchen ihr Verhältnis, dessen überraschende Veränderungen sie erschreckt haben, ein für allemal festzustellen, damit es von nun ab »*ewig*« (wie sie sagen) dasselbe bleibe. Das ist nur der letzte Irrtum in dieser langen Kette von einander festhaltenden Irrungen. Totes nicht einmal läßt sich endgültig festhalten (denn es zerfällt und verändert sich in seiner Art), wieviel weniger läßt sich Lebendes und Lebendiges ein für alle Mal abschließend behandeln. Leben ist ja gerade Sichverwandeln, und menschliche Beziehungen, die ein Lebensextrakt sind, sind das Veränderlichste von allem, steigen und fallen von Minute zu Minute, und Liebende sind diejenigen, in deren Beziehung und Berührung kein Augenblick dem anderen gleicht. Menschen, zwischen denen nie etwas Gewohntes, etwas schon einmal Dagewesenes vor sich geht, sondern lauter Neues, Unerwartetes, Unerhörtes. Es gibt solche Verhältnisse, die ein sehr großes, fast unerträgliches Glück sein müssen, aber sie können nur zwischen sehr reichen Menschen eintreten und zwischen solchen, die jeder für sich, reich, geordnet und versammelt sind, nur zwei weite, tiefe, eigene Welten können sie verbinden. – Junge Menschen – das liegt auf der Hand – können ein solches Verhältnis nicht gewinnen, aber sie können, wenn sie ihr Leben recht begreifen, langsam zu solchem Glück anwachsen und sich vorbereiten dafür. Sie müssen, wenn sie lieben, nicht vergessen, daß sie Anfänger sind, Stümper des Lebens, Lehrlinge in der Liebe, – müssen Liebe *lernen*, und dazu gehört (wie zu *jedem* Lernen) Ruhe, Geduld und Sammlung!

Je mehr man ist, je reicher ist alles, was man erlebt. Und wer in seinem Leben eine tiefe Liebe haben will, der muß sparen und sammeln dafür und Honig zusammen tragen.

Aber so tief steckt der Tod im Wesen der Liebe, daß er ihr (wenn wir ihn nur *mit*wissen, ohne uns durch die ihm angehängten Häßlichkeiten und Verdächte beirren [zu] lassen) nirgends widerspricht: *wo* schließlich kann er eins, das wir unsäglich im Herzen getragen haben, anders hin verdrängen, als *in* eben dieses Herz, wo wäre die ›Idee‹ dieses geliebten Wesens, ja seine unaufhörliche Wirkung (: denn *wie* könnte *die* aufhören, die doch schon, da es mit uns lebte, von seiner greifbaren Gegenwart mehr und mehr unabhängig war) ... wo wäre diese immer schon geheime Wirkung gesicherter, als *in uns*?! Wo können wir ihr näher kommen, wo sie reiner feiern, wann ihr besser gehorchen, als wenn sie mit unseren eigenen Stimmen verbunden auftritt, als ob unser Herz eine neue Sprache gelernt hätte, ein neues Lied, eine neue Kraft!

Ehe

Im übrigen bin ich der Meinung, daß die ›Ehe‹ als solche nicht so viel Betonung verdient, als ihr durch die konventionelle Entwicklung ihres Wesens zugewachsen ist. Es fällt niemandem ein, von einem einzelnen zu verlangen, daß er ›glücklich‹ sei, – heiratet aber einer, so ist man sehr erstaunt, wenn er es *nicht* ist! (Und dabei ist es wirklich gar nicht wichtig, glücklich zu sein, weder als einzelner noch Verheirateter.) Die Ehe ist in manchen Punkten eine Vereinfachung der Lebensumstände, und der Zusammenschluß summiert natürlich die Kräfte und Willen zweier junger Menschen, so daß sie geeint weiter in die Zukunft zu reichen scheinen als vorher. – Allein, das sind Sensationen, von denen sich nicht leben läßt. Vor allem ist die Ehe eine neue Aufgabe und ein neuer Ernst, – eine neue Anforderung und Frage an die Kraft und Güte eines jeden Beteiligten und eine neue große Gefahr für beide.

Es handelt sich in der Ehe für mein Gefühl nicht darum, durch Niederreißung und Umstürzung aller Grenzen eine rasche Gemeinsamkeit zu schaffen, vielmehr ist die gute Ehe die, in welcher jeder den anderen zum Wächter seiner Einsamkeit bestellt und ihm dieses größte Vertrauen beweist, das er zu verleihen hat. Ein *Miteinander* zweier Menschen ist eine Unmöglichkeit und, wo es doch vorhanden scheint, eine Beschränkung, eine gegenseitige Übereinkunft, welche einen Teil oder beide Teile ihrer vollsten Freiheit und Entwicklung beraubt. Aber, das Bewußtsein vorausgesetzt, daß auch zwischen den *nächsten* Menschen unendliche Fernen bestehen bleiben, kann ihnen ein wundervolles Nebeneinanderwohnen erwachsen, wenn es ihnen gelingt, die Weite zwischen sich zu lieben, die ihnen die Möglichkeit gibt, einander immer in ganzer Gestalt und vor einem großen Himmel zu sehen!

Deshalb muß also auch dieses als Maßstab gelten bei Verwerfung oder Wahl: ob man an der Einsamkeit eines Menschen Wache halten mag, und ob man geneigt ist, diesen selben Menschen an die Tore der eigenen Tiefe zu stellen, von der er nur erfährt durch das, was, festlich gekleidet, heraustritt aus dem großen Dunkel.

Die Ehe ist etwas Schweres, und die sie ernst nehmen, sind Anfänger und leiden und lernen!

Trennung

In einem solchen Fall heißt es (nach meiner persönlichen Meinung), sich auf sich selbst zurückziehen und weder zu dem einen noch zu dem anderen Wesen hinzustreben, das Leiden, welches beide verursachen, nicht auf die Ursache des Leidens (die so weit außerhalb liegt) beziehen, sondern für sich selbst fruchtbar machen. Wenn Sie die Vorgänge Ihres Gefühls in die Einsamkeit übertragen und Ihr schwankendes und zitterndes Empfinden nicht in die gefährliche Nähe von Magnetkräften bringen, so wird es mit der ihm eigenen Beweglichkeit von selbst diejenige Lage einnehmen, welche ihm die natürliche und notwendige ist. – Es tut in jedem Falle gut, sich sehr oft zu erinnern, daß es über allem Seienden Gesetze gibt, die niemals zu wirken versäumen, die vielmehr herbeistürzen, um an jedem Stein und an jeder Feder, die wir fallen lassen, sich zu bewähren und zu versuchen.

Alles Irren besteht also nur im Nichterkennen der Gesetzmäßigkeit, unter welcher wir im gegebenen Fall stehen, und alle Lösung beginnt mit unserer Aufmerksamkeit und Sammlung, die uns leise in die Kette der Ereignisse einreiht und unserm Willen seine wiegenden Gleichgewichte wiedergibt.

Wollen Sie mir glauben, daß es mir schwer fällt, zu verstehen, wovon eigentlich reden? Es ist doch nichts geschehen – oder vielmehr: es ist viel Gutes geschehen, und das Mißverständnis beruht darin, daß Sie, was geschehen ist, nicht gelten lassen wollen. Alles soll sein, wie es war, und doch ist alles anders, als es gewesen ist. Wenn Ihre Liebe zu Clara Westhoff jetzt etwas tun will, dann ist ihre Arbeit und Aufgabe diese: nachzuholen, was sie versäumt hat. Denn sie hat versäumt zu sehen, wohin dieser Mensch gegangen ist, sie hat versäumt, ihn zu begleiten auf seiner weitesten Entwicklung, sie hat versäumt, sich auszubreiten über die neuen Weiten, die dieser Mensch umfaßt, und sie hat nicht aufgehört, ihn *dort* zu suchen, wo er an einem gewissen Punkte seines Wachstums war, sie will mit Hartnäckigkeit eine bestimmte Schönheit festhalten, die er überschritten hat, statt, im Vertrauen auf künftige neue gemeinsame Schönheiten, auszuharren.

Warum Menschen, die sich lieb haben, voneinandergehen, eh es nötig ist? – ja: vielleicht, weil diese Notwendigkeit jeden Augenblick heraustreten und fordern kann. Weil es doch etwas so sehr Vorläufiges ist: beisammen zu sein und sich lieb zu haben. Weil dahinter doch in jedem – oft eingestanden, oft verleugnet – die merkwürdige Gewißheit wartet, daß alles, was über ein schönes, in seinem Wesen fortschrittloses Mittelmaß hinausreicht, doch völlig allein, als von einem unendlich Einzelnen (fast Einzigen) wird empfangen, ertragen und bewältigt sein müssen. Die Stunde des Sterbens, die diese Einsicht einem jeden abringt, ist nur eine von unseren Stunden und keine ausnahmsweise: Unser Wesen geht immerfort in Veränderungen über und ein, die an Intensität vielleicht nicht geringer sind als das Neue, Nächste und Übernächste, das der Tod mit sich bringt. Und so wie wir einander an einer bestimmten Stelle jenes auffallendsten Wechsels ganz und gar lassen müssen, so müssen wir, strenggenommen, einander jeden Augenblick aufgeben und weiterlassen und nicht zurückhalten. Macht es Sie bestürzt, daß ich das alles so hinschreiben kann, wie einer, der einen Satz in einer fremden Sprache abschreibt, ohne zu wissen, was Schmerzlichstes er bedeutet? Das ist, weil diese furchtbare Wahrheit wahrscheinlich zugleich auch unsere fruchtbarste und seligste ist. Wenn man oft mit ihr umgeht, so verliert sie zwar nichts von ihrer harten Erhabenheit (und legte man sich weinend um sie, – man erwärmte und erweichte sie nicht); aber das Vertrauen zu ihrer Strenge und Schwere nimmt täglich zu, und auf einmal meint man, wie durch klare Tränen, die ferne Einsicht zu ahnen, daß man selbst als ein Liebender das Alleinsein nötig hat, daß einem Weh, aber nicht Unrecht geschieht, wenn es einen mitten in einem zu einem geliebten Menschen hinstürzenden Gefühl überfällt und einschließt: ja, daß man sogar dieses scheinbar Gemeinsamste, das die Liebe ist, nur allein, abgetrennt, ganz ausentwickeln und gewissermaßen vollenden kann; schon deshalb, weil man im Zusammenschluß starker Neigungen eine Strömung von Genuß erzeugt, die einen hinreißt und schließlich irgendwo auswirft; während dem in seinem Gefühl Eingeschlossenen die Liebe zu einer täglichen Arbeit wird an sich selbst und zu einem fortwährenden Aufstellen kühner und großmütiger Anforderungen an den anderen. Wesen, die einander so lieben, rufen unendliche Gefahren um sich auf, aber sie sind sicher vor den kleinen Gefährlichkeiten, die so viele große Gefühlsanfänge ausgefranst und zerbröckelt haben. Da sie einander immerfort das Äußerste wünschen und zumuten mögen, kann keiner dem anderen durch Beschränkung unrecht tun; im Gegenteil, sie erzeugen sich gegenseitig unaufhörlich Raum und Weite und Freiheit, genau wie der Gottliebende für Gott zu allen Zeiten Fülle und Vollmacht aus seinem Herzen ausgeworfen und in den Tiefen des Himmels gegründet hat. Dieser erlauchte Geliebte hat die vorsichtige Weisheit, ja (ja es kann nicht mißverstehbar sein, es so zu sagen) die edle List gebraucht, sich nicht zu zeigen; so daß die Liebe zu Gott zwar in einzelnen ekstatischen Seelen zu eingebildeten Momenten des Genusses führen konnte, – aber doch, ihrem Wesen nach, ganz und gar Arbeit geblieben ist, härtester Tagelohn und schwierigste Bestellung.

Erfahrung der Liebe

Das Geschlecht ist schwer; ja. Aber es ist Schweres, was uns aufgetragen wurde, fast alles Ernste ist schwer, und alles ist ernst. Wenn Sie das nur erkennen und dazu kommen, aus sich, aus *Ihrer* Erfahrung und Kindheit und Kraft heraus ein ganz eigenes (von Konvention und Kindheit und Sitte nicht beeinflußtes) Verhältnis zu dem Geschlecht zu erringen, dann müssen Sie nicht mehr fürchten, sich zu verlieren und unwürdig zu werden Ihres besten Besitzes.

Die körperliche Wollust ist ein sinnliches Erlebnis, nicht anders als das reine Schauen oder das reine Gefühl, mit dem eine schöne Frucht die Zunge füllt; sie ist eine große, unendliche Erfahrung, die uns gegeben wird, ein Wissen von der Welt, die Fülle und der Glanz alles Wissens. Und nicht, daß wir sie empfangen, ist schlecht; schlecht ist, daß fast alle diese Erfahrung mißbrauchen und vergeuden und sie als Reiz an die müden Stellen ihres Lebens setzen und als Zerstreuung statt als Sammlung zu Höhepunkten. Die Menschen haben ja auch das Essen zu etwas anderem gemacht: Not auf der einen, Überfluß auf der anderen Seite haben die Klarheit dieses Bedürfnisses getrübt, und ähnlich trübe sind alle die tiefen, einfachen Notdürfte geworden, in denen das Leben sich erneuert. Aber der einzelne kann sie für sich klären und klar leben (und wenn nicht der einzelne, der zu abhängig ist, so doch der Einsame). Er kann sich erinnern, daß alle Schönheit in Tieren und Pflanzen eine stille dauernde Form von Liebe und Sehnsucht ist, und er kann das Tier sehen, wie er die Pflanze sieht, geduldig und willig sich vereinigend und vermehrend und wachsend nicht aus physischer Lust, nicht aus physischem Leid, Notwendigkeiten sich neigend, die größer sind als Lust und Leid und gewaltiger denn Wille und Widerstand. O daß der Mensch dieses Geheimnis, dessen die Erde voll ist bis in ihre kleinsten Dinge, demütiger empfinge und ernster trüge, ertrüge und fühlte, wie schrecklich schwer es ist, statt es leicht zu nehmen. Daß er ehrfürchtig wäre gegen seine Fruchtbarkeit, die nur *eine* ist, ob sie geistig oder körperlich scheint; denn auch das geistige Schaffen stammt von dem physischen her, ist eines Wesens mit ihm und nur wie eine leisere, entzücktere und ewigere Wiederholung leiblicher Wollust. »Der Gedanke, Schöpfer zu sein, zu zeugen, zu bilden«, ist nichts ohne seine fortwährende, große Bestätigung und Verwirklichung in der Welt, nichts ohne die tausendfältige Zustimmung aus Dingen und Tieren, – und sein Genuß ist nur deshalb so unbeschreiblich schön und reich, weil er voll ererbter Erinnerungen ist aus Zeugen und Gebären von Millionen. In einem Schöpfergedanken leben tausend vergessene Liebesnächte auf und erfüllen ihn mit Hoheit und Höhe. Und die in den Nächten zusammenkommen und verflochten sind in wiegender Wollust, tun eine ernste Arbeit und sammeln Süßigkeiten an, Tiefe und Kraft für das Lied irgendeines kommenden Dichters, der aufstehn wird, um unsägliche Wonnen zu sagen. Und rufen die Zukunft herbei; und wenn sie auch irren und sich blindlings umfassen, die Zukunft kommt doch, ein neuer Mensch erhebt sich, und auf dem Grunde des Zufalls, der hier vollzogen scheint, erwacht das Gesetz, mit dem ein widerstandsfähiger kräftiger Samen sich durchdrängt zu der Eizelle, die ihm offen entgegenzieht. Lassen Sie sich nicht beirren durch die Oberflächen; in den Tiefen wird alles Gesetz. Und die das Geheimnis falsch und schlecht leben (und es sind sehr viele), verlieren es nur für sich selbst und geben es doch weiter wie einen verschlossenen Brief, ohne es zu wissen. Und werden Sie nicht irre an der Vielheit der Namen und an der Kompliziertheit der Fälle. Vielleicht ist über allem eine große Mutterschaft, als gemeinsame Sehnsucht. Die Schönheit der Jungfrau, eines Wesens, »das (wie Sie so schön sagen) noch nichts geleistet hat«, ist Mutterschaft, die sich ahnt und vorbereitet, ängstigt und sehnt. Und der Mutter Schönheit ist dienende Mutterschaft, und in der Greisin ist eine große Erinnerung. Und auch im Mann ist Mutterschaft, scheint mir, leibliche und geistige; sein Zeugen ist auch eine Art Gebären, und Gebären ist es, wenn er schafft aus innerster Fülle. Und vielleicht sind die Geschlechter verwandter, als man meint, und die große Erneuerung der Welt wird vielleicht darin bestehen, daß Mann und Mädchen sich, befreit von allen Irrgefühlen und Unlüsten, nicht als Gegensätze suchen werden, sondern als Geschwister und Nachbarn und sich zusammentun werden als *Menschen*, um einfach, ernst und geduldig das schwere Geschlecht, das ihnen auferlegt ist, gemeinsam zu tragen.

Aber alles, was vielleicht einmal vielen möglich sein wird, kann der Einsame jetzt schon vorbereiten und bauen mit seinen Händen, die weniger irren. Darum, lieber Herr, lieben Sie Ihre Einsamkeit, und tragen Sie den Schmerz, den sie Ihnen verursacht, mit schönklingender Klage. Denn die Ihnen nahe sind, sind fern, sagen Sie, und das zeigt, daß es anfängt, weit um Sie zu werden. Und wenn Ihre Nähe fern ist, dann ist Ihre Weite schon unter den Sternen und sehr groß; freuen Sie sich Ihres Wachstums, in das Sie ja niemanden mitnehmen können, und seien Sie gut gegen die, welche zurückbleiben, und seien Sie sicher und ruhig vor ihnen und quälen Sie sie nicht mit Ihren Zweifeln und erschrecken Sie sie nicht mit Ihrer Zuversicht oder Freude, die sie nicht begreifen könnten.

Suchen Sie sich mit ihnen irgendeine schlichte und treue Gemeinsamkeit, die sich nicht notwendig verändern muß, wenn Sie selbst anders und anders werden; lieben Sie an ihnen das Leben in einer fremden Form und haben Sie Nachsicht gegen die alternden Menschen, die das Alleinsein fürchten, zu dem Sie Vertrauen haben. Vermeiden Sie, jenem Drama, das zwischen Eltern und Kindern immer ausgespannt ist, Stoff zuzuführen; es verbraucht viel Kraft der Kinder und zehrt die Liebe der Alten auf, die wirkt und wärmt, auch wenn sie nicht begreift. Verlangen Sie keinen Rat von ihnen und rechnen Sie mit keinem Verstehen; aber glauben Sie an eine Liebe, die für Sie aufbewahrt wird wie eine Erbschaft, und vertrauen Sie, daß in dieser Liebe eine Kraft ist und ein Segen, aus dem Sie nicht herausgehen müssen, um ganz weit zu gehen!

Es ist gut, daß Sie zunächst in einen Beruf münden, der Sie selbständig macht und Sie vollkommen auf sich selbst stellt in jedem Sinne. Warten Sie geduldig ab, ob Ihr innerstes Leben sich beschränkt fühlt durch die Form dieses Berufes. Ich halte ihn für sehr schwer und für sehr anspruchsvoll, da er von großen Konventionen belastet ist und einer persönlichen Auffassung seiner Aufgaben fast keinen Raum läßt. Aber Ihre Einsamkeit wird Ihnen auch inmitten sehr fremder Verhältnisse Halt und Heimat sein, und aus ihr heraus werden Sie alle Ihre Wege finden.

Die Leute haben, wie so vieles andere, auch die Stellung der Liebe im Leben mißverstanden, sie haben sie zu Spiel und Vergnügen gemacht, weil sie meinten, daß Spiel und Vergnügen seliger denn Arbeit sei; es gibt aber nichts Glücklicheres als die Arbeit, und Liebe, gerade weil sie das äußerste Glück ist, kann nichts anderes als

Arbeit sein. – Wer also liebt, der muß versuchen, sich zu benehmen, als ob er eine große Arbeit hätte: er muß viel allein sein und in sich gehen und sich zusammenfassen und sich festhalten; er muß arbeiten; er muß etwas werden!

Es ist ja immer wieder das »Ganze«, worum sichs da handelt, dieses Ganze aber, wenn wirs auch innerlich manchmal zusammenfassen in einem Elan des Glücks oder des reineren Willens, in der Wirklichkeit ists unterbrochen durch alle die Irrtümer, Fehler, Unzulänglichkeiten, durch das Bösartige von Mensch zu Mensch, durch das Ratlose und Trübe –, ja beinah durch alles, was uns täglich angeht.

Es ist eine erschreckende Annahme, der Liebes-Augenblick, den wir als einen und so völlig und tief eigenen und eigentümlichen empfinden, könnte, über den Einzelnen fort, so ganz von der Zukunft (dem künftigen Kinde) und auf der anderen Seite von der Vergangenheit bestimmt sein, – aber selbst dann: es bliebe ihm immer noch seine unbeschreibliche Tiefe als Ausflucht ins Eigene. Was zu glauben mir durchaus nahe läge. Das käme mit der Erfahrung überein, wie sehr das ganz inkommensurable Dasein jeder unserer tiefsten Entzückungen von Dauer und Verlauf sich unabhängig macht, sie stehen wirklich senkrecht auf den Richtungen des Lebens, wie der Tod auch senkrecht auf ihnen steht, sie haben mehr mit ihm gemein als mit allen Zielen und Bewegungen unserer Vitalität. Nur vom Tode her (wenn man ihn nicht als ein Abgestorbensein gelten läßt, sondern ihn vermutet als die uns durchaus übertreffende Intensität –), nur vom Tode her, mein ich, läßt sich der Liebe gerecht werden. Aber auch da ist uns überall die übliche Auffassung dieser Größen beirrend im Wege. Unsere Traditionen sind unleitend geworden, dürre Äste, die nicht mehr aus der Kraft, der Wurzel gespeist werden. Und rechnet man dazu die Zerstreutheit, Abgelenktheit und Ungeduld des Mannes, und daß die Frau tief gebend ist nur in den seltenen Beziehungen des Glücks, und daß neben so Entzweiten und Erschütterten das Kind immer schon als Nächstes, sie überholend und doch auch wieder ebenso ratlos steht –, ja, dann gibt man bescheiden zu, daß wirs recht schwer haben.

Die physiologische Forschung entdeckt immer erstaunlichere Verhältnisse, was die Vertheilung des männlichen und weiblichen Elements innerhalb der Geschöpfe angeht; wie weit sind wir schon davon entfernt, zu meinen, daß es ein eindeutiges Hier und Drüben gebe. Alles ist da feinste und geheimnisvollste Dosierung, und es kann sehr leicht und nicht nur ›ab-norm‹ geschehen, daß zwischen zwei Mädchen jene ergänzende Affinität stattfindet, die sie selbst zu der innigsten Sinnlichkeit berechtigt. Ich vermuthe, daß solchen Entzückungen unendlich mehr Unschuld innewohnt, als so mancher ›normalen‹ Beziehung, und, wenn es einmal möglich sein wird, ihnen ihre ganze Natürlichkeit und Arglosigkeit zuzugeben, so wird vielleicht gerade von ihnen aus, die wirre, überlastete Liebesleistung zwischen Frau und Mann eigenthümlich entbürdet werden. Denn dieser Liebe unüberwindlichstes Verhängnis ist doch wohl die ungeheuere Betonung des einen ›Ziels‹, als ob alle Pfade und Weglosigkeiten des Gefühls münden müßten in dieser süßen Erreichbarkeit. Damit wird sie aus einem Geheimen zu einem Auffälligen, schon das allein bereitete ihr die ärgste Entstellung. Liebende, die ja des Gebens und Nehmens nirgends ein Ende sehen und denen unter den Händen alles namenlos wird, müßten (so stell ich mir immer vor) eigentlich, *selbst vor einander*, gar nicht wissen, ob unter den unzähligen Seeligkeiten ihrer Vereinigung auch diese eine war, die (mit Recht oder Unrecht, beides vielleicht) für die äußerste gilt.

Nun erraten Sie schon ein wenig, *was* ich mir von jenem aufrichtigen Liebesverkehr innerhalb der Geschlechter erwarte; daß er in den Einzelnen, die ihn (ganz vorübergehend vielleicht) durchmachen, eine andere Werthung vorbereite, in der nicht das Eine – dort nie vollständig Erreichbare – ganz und gar überwiegt, obwohl es *da* sein dürfte, seiner Potenz nach, – daß aber auch in diesem von vornherein vertraulicheren Umgang sehr Vieles sich auslöse und aufbrauche, was sonst nur einfach (dies gilt besonders vom Manne) das andere Geschlecht überstürzt und verschüttet, ohne es, genaugenommen, zu meinen. Recht als eine Liebes-Schule, vom sinnlichsten Berührt- und Umfangensein bis in die zärtlich-gemeinsame Schwebe des Geistes hinein, möcht ich diese Liebeszeiten ansehen dürfen, in denen der kleine Tempel im jugendlichen Bezirk hier der Gespielen, dort der Gespielinnen steht, als ob ihre einstige gespanntere Anziehung ein klein wenig von der zärtlichen Erfahrung und Übung abhinge, die sie unter ihresgleichen, leichthin und vor-ernst, gewinnen.

Ach, Liebe, steht es doch in diesen Dingen so heillos bei uns, daß man sich nicht scheuen darf, selbst das Gewagteste vorzuschlagen, wenns nur den Weg zur Änderung in diesem gesetzlich geschonten Geröll anlegen mag. Und woran messen wir schließlich, ob etwas ›gewagt‹ sei –, an der Moral, von der doch längst offenbar ist, daß sie gerade ins Liebes-Gebiet so verwirrend hinübergreife und den Grad der Erscheinungen fälsche, die außerhalb ihres Zusammenhangs inkommensurabel sind. Daß wir uns irgendwann moralisch gehemmt empfinden, darf uns am Ende nur noch mißtrauisch machen gegen das Hemmnis selbst, nicht gegen unsere Impulse. Aus dem Gefühl des Ganzen, aus der immer wieder ahnbaren Einheit unseres eigenen Lebens und aus jenen unbeschreiblichen Momenten, da der Tod in uns kein Verdacht mehr ist, – mag sich für jeden Einzelnen der Gerichts-Hof bilden, dem er verantwortlich bleibt.

Für die aber gilt, was für alle Verwandlungen von Mensch zu Mensch maß-gebend bleibt, daß man *nie* eine Beziehung in ihren Einzelheiten von *außen* ansehen und abschätzen darf: was sich zwei Menschen in ihrer Innigkeit zu einander geben und gewähren mochten, bleibt für alle Zeit ein Geheimnis ihrer jedesmal unbeschreiblichen Vertraulichkeit. Meinten sie in einem gewissen Moment, sich so oder so noch zärtlicher beglücken zu dürfen, so mag das ein kleiner Irrthum gewesen sein, indem sie damit nicht ihrem Glücke dienten, sondern ihrer Sehnsucht und sich Beunruhigungen ins Blut warfen, die ihnen nachträglich bedrängend werden konnten, – vielleicht, aber wer entscheidet das? Vielleicht hatten sie auch recht mit dieser Hingabe, die so unbeschreiblich unschuldig ist, wie alles, was in der Liebe aus dem bloßen Müssen und Nicht-anders-wissen hervorgeht, – niemand darf wagen, das, was da geschehen ist, von außen abzuurtheilen; eine solche Entzückung und Freude, wie weit sie auch geht, kann einen Augenblick ganz und gar *seelischer* Verwandlung heraufrufen, und da man meinte, in der sogenannten Sinnlichkeit eine neue Erfahrung zu thun, war man vielleicht schon ganz im Vorsprung der dadurch irgendwohin entzückten Seele. Das Alles, Anita, hängt ja so viel geheimnisvoller zusammen, man muß diesen Kräften gegenüber nur Dehmuth haben, den Widerstand leistet die Unschuld selbst, die in uns unzerstörbar ist, wenn wir uns nicht zur Schuld überreden lassen. Die Unklarheiten und Unsicherheiten auf diesem Gebiet haben in unserer Zeit so fürchterlich überhand genommen, in der That hat ein junger Mensch fast niemals den Berathenden und Beschützenden zur Seite, der ihm noth thäte, auch in seiner Mutter nicht, (die rathlos ist, wie alle Welt), darum heißts gerade, von der eigenen Unschuld aus sich orientieren, unbeirrt und arglos. Verständige Menschen arbeiten schon lange daran, den Liebesbeziehungen innerhalb des eigenen Geschlechts die häßlichen Verdächtigungen zu nehmen, mit denen die Convention sie überladen hat, – aber mir scheint auch diese Arbeit und Anschauungsweise nicht die richtige zu sein. Sie isoliert einen Vorgang, der jedesmal nur innerhalb aller seiner Umkreise dürfte in Betracht genommen werden, sie macht ein unaussprechlich Besonderes nur deshalb, weil es über jeden hereinbrechen kann, zum Allgemeinen, ja recht eigentlich Gemeinen, sie behält davon schließlich nur noch die physische Erscheinung übrig und vergißt, in wie unerreichbare und überschwängliche Zusammenhänge dieses Eine (nur scheinbar zu Bezeichnende) eingesetzt ist. Wir wissen nicht, *welches* die Mitte einer Liebes-Beziehung ist, welches ihr Äußerstes, Unübertrefflichstes und Seeligstes sei: manchmal vielleicht wird diese Mitte mit der letzten und süßesten Innigkeit der Körper gegeben sein (auch zwischen Frauen), darüber dürfte *niemand* Richter sein, als die verschwiegene Verantwortlichkeit eben dieser Liebenden und Genießenden selbst. Nicht dieses Sich-einander-schenken wäre ein Abweg für sie, höchstens die Unsicherheit wäre es, ob sie damit wirklich sich zu jener anhaltenden Steigerung verhelfen, zu der sich gegenseitig anzutreiben, die eigentliche Lust und Sehnsucht der Liebe ist. Nur wenn es damit etwas zwischen ihnen gäbe, was sie gegenseitig schwerer, trüber, undurchsichtiger macht, hätten sie Unrecht sich in jene Hingegebenheiten zu wagen, *dann* allerdings bestünde die Gefahr, daß sie in ihnen irgendwie stecken bleiben. Denn es darf *keine* Zärtlichkeit der Liebe Macht haben über die Liebe selbst, keine darf mit der Gewalt der blinden Wiederholung sich aufdrängen, immer muß wieder eine ganz neue aus der Unerschöpflichkeit des Gefühls geboren werden.

Das Entsetzliche ist, daß wir keine Religion besitzen, in der diese Erfahrungen, so wörtlich und handgreiflich wie sie sind (: denn: zugleich so unsäglich und so unantastbar), in den Gott gehoben werden dürfen, in den Schutz einer phallischen Gottheit, die vielleicht die *erste* wird sein müssen, mit der wieder eine Götterschar bei den Menschen einbricht, nach so langer Abwesenheit. Was soll uns denn beistehen, wenn die religiösen Hilfen versagen –, indem sie diese Erlebnisse vertuschen, statt sie zu verklären und sie uns entziehen möchten, statt sie herrlicher, als wir sie zu ahnen wagten, in uns einzusetzen. Hier sind wir die unbeschreiblich Verlassenen und Verratenen: daher unser Verhängnis. Indem die Religionen, an den Oberflächen verlöschend und immer mehr erloschene Oberfläche ansetzend, zu Moralitäten abstarben, versetzten sie auch diese Erscheinung, die innerste ihres und unseres Daseins, auf den kalt gewordenen Boden des Moralischen und damit, notwendig, ins Periphere. Nach und nach wird man einsehen, daß *hier*, nicht im Sozialen oder Ökonomischen, unser zeitgenössisches großes Verhängnis sei –, in dieser Verdrängung des Liebesakts ins Peripherische; des klarschauenden Einzelnen Kraft verbraucht sich nun daran, ihn wieder mindestens in die *eigene* Mitte zu rücken (wenn er schon nicht in der allgemeinen Weltmitte steht, was das sofortige Durchblutet- und Durchströmtsein der Welt mit Göttern zur Folge hätte!), – der Blindlebige freut sich, im Gegenteil, irgendwie an dem peripherisch-zugänglichen des »Genusses« und rächt sich (gegen seinen Willen klarsichtig) für sein dort doch Wertlossein, indem er diesen Genuß zugleich sucht und schmäht. – Absage im Oberflächlichen ist *kein* Fortschritt, und es hat keinen Sinn, den ›Willen‹, (der ja überdies eine zu junge und neue Kraft ist, gemessen an dem uralten Rechthaben des Triebs) dafür anzustrengen. Liebes-Absage oder Liebes-Erfüllung, *beide* sind nur dort wunderbar und ohne Gleichen, wo das ganze Liebeserlebnis mit *allen* seinen voneinander kaum unterscheidbaren Entzückungen (die untereinander so alternieren, daß Seelisches und Leibliches gerade *dort* nicht mehr sich trennen läßt) eine zentrale Lage einnehmen darf: dort wird ja dann auch (in der Hingerissenheit einiger Liebender oder Heiliger *aller* Zeiten und *aller* Religionen) Absage und Ausfüllung identisch. Wo das Unendliche *ganz* eintritt (sei es als Minus oder Plus), fällt das Vorzeichen weg, das, ach, so menschliche, als der vollendete Weg, der nun gegangen ist, – und was bleibt, ist das Angekommensein, *das Sein!*

Wenn ich der Liebenden nicht widerstand, so wars, weil von allen Bemächtigungen eines Menschen über den anderen, die ihre allein, ihre unaufhaltsame, mir im Recht zu sein schien. Ausgesetzt wie ich bin, wollte ich auch sie nicht *vermeiden*; aber ich sehnte mich, sie zu durchdringen! Daß sie mir Fenster sei in den erweiterten Weltraum des Daseins ... nicht Spiegel.

Schwierigkeiten der Liebe

Ich habe Deinen Brief, Deinen lieben Brief, der mir mit jedem Wort wohltut, der mich wie mit einer Welle anrührt, so stark und rauschend, der mich wie mit Gärten umgiebt und mit Himmeln überbaut, der mich fähig macht und froh, Dir zu sagen, was mit meinem letzten schweren Briefe sinnlos rang: daß ich mich sehne nach Dir, und daß es namenlos bange war, diese Tage zu leben ohne irgendeine Nachricht, nach diesem unerwarteten und raschen Abschied und unter den fast feindlichen Eindrücken dieser schweren Stadt, in welcher Du nicht durch irgendein *Ding* aus der Ferne zu mir reden konntest. So kam es zu diesem häßlichen Brief von neulich, der, aus der Abgeschlossenheit, aus der ungewohnten und unerträglichen Alleinheit meiner Erlebnisse kaum herausfinden konnte und nur ein Drängen war, eine Verwirrung und Verworrenheit, etwas was Dir fremd sein muß in der Schönheit, zu welcher Dein Leben sich gleich wieder geründet hat unter den neuen Verhältnissen.

Jetzt kann ich es kaum ertragen, daß in dem großen Gesang um Dich, in dem Du kleine Kinderstimmen wiederfindest, *meine* Stimme die fremde gewesen sein soll, die einzige banale, die Stimme der Welt unter diesen heiligen Worten und Stillen, aus denen Tage um Dich gewoben sind. War es nicht so? Ich fürchte, es muß so gewesen sein. Was soll ich thun? Kann ich mit diesem Brief den anderen übertönen? In diesem hier klingen Deine Worte nach, der andere ist auf Dein Fernsein, von dem ich nichts erfuhr, aufgebaut und hat nun, da ich Kunde habe, kein Recht mehr zu sein ... *ist* aber doch, nicht wahr?

Wenn zwei oder drei Menschen zusammenkommen, sind sie deshalb noch nicht beisammen. Sie sind wie Marionetten, deren Drähte in verschiedenen Händen liegen. Erst wenn *eine* Hand alle lenkt, kommt eine Gemeinsamkeit über sie, welche sie zum Verneigen zwingt oder zum Dreinhauen. Und auch die Kräfte des Menschen sind dort, wo seine Drähte enden in einer haltenden herrschenden Hand.

Das viele Schweigen ist wie Raum zwischen uns, aber nicht wie Zeit: es trennt uns nicht ab, es bestimmt nur die Maße unserer Gemeinsamkeit und macht sie sehr weit.

Vielleicht müssen die Konventionen der verlorenen Leben in einzelnen Schicksalen so übertrieben werden, damit man sie erkenne. Vielleicht ist das ihr Ausgang: dieses noch einmal im Großen und Augenfälligen so Tragisch-Werden, wie sie es oft im Minimen waren. Aber wie gut ist das Leben. Wie gerecht, wie unbestechlich, wie nicht zu betrügen: auch durch Kraft nicht, auch durch Willen nicht, nicht einmal durch Mut. Wie bleibt alles, was es ist, und hat nur diese Wahl: sich zu erfüllen oder sich zu übertreiben.

Und von Mensch zu Mensch ist alles so schwer und unerprobt und ohne Vorbild und Beispiel, und man müßte in jedem Verhältnis mit ganzer Aufmerksamkeit leben, schöpferisch in jedem Augenblick, der Neues verlangt und Aufgaben giebt und Fragen und Anforderungen ...

Gibt es Herzverhältnisse, die das Grausamste einschließen, um der Vollzähligkeit willen, weil die Welt doch erst Welt ist, wenn *Alles* darin geschieht ...

Wie bezeichnend ist es, daß andere das Menschliche das Allgemeine nannten, gleichsam den Ort, wo alle sich finden und erkennen. Man muß einsehen lernen, daß es gerade das Menschliche ist, welches uns einsam macht.

Die Menschen sind so furchbar weit voneinander; und die, welche einander lieb haben, sind oft am weitesten. Sie werfen sich all das Ihrige zu und fangen es nicht, und es bleibt zwischen ihnen liegen irgendwo und türmt sich auf und hindert sie endlich noch, einander zu sehen und aufeinander zuzugehen.

Junge Liebe

Darin aber irren die jungen Menschen so oft und so schwer: daß sie (in deren Wesen es liegt, keine Geduld zu haben) sich einander hinwerfen, wenn die Liebe über sie kommt, sich ausstreuen, so wie sie sind in all ihrer Unaufgeräumtheit, Unordnung, Wirrnis ...: Was aber soll dann sein? Was soll das Leben an diesem Haufen von Halbzerschlagenem tun, den sie ihre Gemeinsamkeit heißen und den sie gerne ihr Glück nennen möchten, ginge es an, und ihre Zukunft? Da verliert jeder sich um des anderen willen und verliert den anderen und viele andere, die noch kommen wollten. Und verliert die Weiten und Möglichkeiten, tauscht das Nahen und Fliehen leiser, ahnungsvoller Dinge gegen eine unfruchtbare Ratlosigkeit, aus der nichts mehr kommen kann; nichts als ein wenig Ekel, Enttäuschung und Armut und die Rettung in eine der vielen Konventionen, die wie allgemeine Schutzhütten an diesem gefährlichsten Wege in großer Zahl angebracht sind. Kein Gebiet menschlichen Erlebens ist so mit Konventionen versehen wie dieses: Rettungsgürtel der verschiedensten Erfindung, Boote und Schwimmblasen sind da; Zuflüchte in jeder Art hat die gesellschaftliche Auffassung zu schaffen gewußt, denn da sie geneigt war, das Liebesleben als ein Vergnügen zu nehmen, mußte sie es auch leicht ausgestalten, billig, gefahrlos und sicher, wie öffentliche Vergnügungen sind.

Zwar fühlen viele junge Menschen, die falsch, d. h. einfach hingebend und uneinsam lieben (der Durchschnitt wird ja immer dabei bleiben –), das Drückende einer Verfehlung und wollen auch den Zustand, in den sie geraten sind, auf ihre eigene, persönliche Art lebensfähig und fruchtbar machen –; denn ihre Natur sagt ihnen, daß die Fragen der Liebe, weniger noch als alles, was sonst wichtig ist, öffentlich und nach dem und jenem Übereinkommen gelöst werden können; daß es Fragen sind, nahe Fragen von Mensch zu Mensch, die einer in jedem Falle neuen, besonderen, *nur* persönlichen Antwort bedürfen –: aber wie sollten sie, die sich schon zusammengeworfen haben und sich nicht mehr abgrenzen und unterscheiden, die also nichts Eigenes mehr besitzen, einen Ausweg aus sich selbst heraus, aus der Tiefe der schon verschütteten Einsamkeit finden können?

Sie handeln aus gemeinsamer Hilflosigkeit, und sie geraten, wenn sie dann, besten Willens, die Konvention, die ihnen auffällt (etwa die Ehe), vermeiden wollen, in die Fangarme einer weniger lauten, aber ebenso tödlichen konventionellen Lösung; denn da ist dann alles, weithin um sie – Konvention; da, wo aus einer früh zusammengeflossenen, trüben Gemeinsamkeit gehandelt wird, ist jede Handlung konventionell: jedes Verhältnis, zu dem solche Verwirrung führt, hat seine Konvention, mag es auch noch so ungebräuchlich (d. h. im gewöhnlichen Sinn unmoralisch) sein; ja, sogar Trennung wäre da ein konventioneller Schritt, ein unpersönlicher Zufallsentschluß ohne Kraft und ohne Frucht.

Kinder *ruhn* in der Liebe (hab ichs je gedurft?) aber sie sind ja auch rein in dem Zustande der Täuschung, daß es möglich sei, jemandem anzugehören, und wo sie »mein« sagen, da machen sie doch keinen Anspruch, zu besitzen, drücken an sich und lassen los, oder wo sie doch halten, da ist es Gott, mit dem sie noch dumpf zusammenhängen, der die Andern durch diese schuldlos offenen Arme an sich zieht.

Mysterien der Liebe

Es ist eine Eigenschaft jeder vertieften Liebe, daß sie gerecht und hellsehend macht.

Die Bücher einer Liebenden: Als die großen Liebenden, deren Briefe nicht vergehen, Heloïse und die Portugiesin, über die Abkehr und Umwandlung ihrer Liebhaber in Klagen ausbrachen, wußten sie nicht, wie sehr ihr elementarisches Gefühl schon über jeden Gegenstand hinausgewachsen war. Nicht einmal der neue, unendlich fähige Bräutigam ihrer Einsamkeit vermochte (so scheint es) die Ströme ihrer Liebe zu fassen. Sie stürzten über ihn fort ins Hoffnungslose, in den Abgrund dessen, was verloren war, und gingen unter der Erde weiter. Wäre es möglich gewesen, diese Liebe, die zu viel war für einen, abzulenken und in einem System von Kanälen zu den Dingen zu führen, so wären jene Gedichte entstanden, an deren Rand die Briefe überall heranreichen; denn es ist nur ein Schritt von der Hingabe der Liebenden zum Hingegebensein des lyrischen Dichters.

Und dennoch vermag ihn die Liebende fast nie zu tun; sie steht, nach allem, erschöpft davor, mit dem Rest eines Mutes, der nun ganz groß sein müßte; unfähig anzufangen; wenn sie nicht *vor* aller Erfahrung, als Kind schon, von dem heroischen Anwachsen ihres Gefühls erschreckt, begonnen hat, es in das Schicksalslose hinauszudrängen. Die goldenen Verse mit den schönen massiven Bruchstellen, durch welche der Name der Sappho auf uns gekommen ist, können nur aus einem solchen Leben stammen. Bis auf sie müßte man zurückgehen, um die Genesis einer Dichterin notwendig aufzuzeigen, wären nicht unter den neuen Büchern, wie durch ein Wunder, die Bücher einer unvergleichlich Liebenden, die (wie andere aufwachsen) in das große Dichtertum hinüberglitt, darin ihr Herz Raum hat.

Bewegt von altem griechischem Blut, von orientalischen Sinnen restlos und gleichzeitig bedient, riß dieses Herz schon die Kindheit, die ganz nahe herankommt, so leidenschaftlich in sich hinein, wurde schon von den frühen Bildern der Landschaften Savoyens und der Ile-de-France zu so großer Glücks-und Leidensmöglichkeit ausgedehnt, daß kein Schicksal mehr es je hätte füllen können. Die Jahreszeiten traten bei ihm ein, vorsichtig erst, denn sie waren nicht mehr gewohnt, ein Herz so offen zu finden. Aber bald halten sich die Frühlinge nicht zurück in seinem seligen Klima und wachsen zu dichten Sommern an und lassen nichts draußen, und breiten sich aus auf der Insel dieses Herzens; sie führen auf ihr die kleinen Kräuter ein und die vollen Blumen, die Obstbäume und die willigen Gemüse, Salbei und Minze und Melisse und alle die Minoriten des niederen Blühens. Uralte Pflanzen: den duftenden Kerbel, Eppich, Quendel und Lattich, Borretsch und Thymian, Epheu, Vinca und Klee. Und das mutige Herz hält sich immer noch offen und nimmt Rosen und Rosen herein, die seltenen Arten und ihren reichen Geruch: Myrte und Granatapfel haben Raum, Klematis, Orange und Lorbeer, Safran und Bisamzitrone und der scharfe japanische Kampferbaum: dieses Herz ist südlich genug. Schmetterlinge werden mit hineingerissen, und die Vögel bringen den Himmel mit und der Himmel die Sonne.

Und nun begreift man, daß aus diesem Innern Lieder kommen müssen, Tag und Nacht; denn in ein Herz verpflanzt, hat das alles Stimme bekommen und redet untereinander und flüstert und ruft hinaus. Aber mit seiner Wortwerdung verliert es zugleich die einseitige Seligkeit des bloßen Seins. Draußen ist Werden und Anwachsen und Vergehen gleich gut; in einem Herzen aber wird es von selbst Glück und Sorge. Und da diese furchtlose Liebende zu sich kommt, findet sie in sich beides zu groß; die Welt, die sie sich zugemutet hat, übersteigt den Widerstand ihres zarten einzelnen Lebens, und sie müßte ihrem Innern erliegen, stünde nicht in ihr eine Seele auf, mutiger noch als ihr Herz.

Diese Seele nimmt alles auf sich. Sie heißt das Weitoffensein des Herzens gut; sie hilft ihm tragen, was es in sich geborgen hat; sie läßt in diesem Innern, das nicht aufhört aufzunehmen, damit es leichter würde, die leichten Götter entstehen, die ihm natürlich sind. Es ist eine naive äolische Seele, die sich nicht schämt, dort zu wohnen, wo die Sinne sich kreuzen, und die nichts entbehrt, weil diese entfalteten Sinne einen Kreis bilden, der keine Lücke hat: so weilt sie im Bewußtsein einer ununterbrochenen Welt. Nicht wissend von Unsichtbarkeit oder anderem Dasein, ist sie an jeder Stelle der schönen Gestalt, mit der sie sich einig weiß, und nirgends könnte sie seliger und unberühbarer sein.

Nie ist das Herz einer Frau ausgebreitet worden über so viel Natur. Alle Hingabe, die wir kennen, scheint *seine* Hingabe zu sein; alle Inständigkeit und alles Glück der Kreatur, von dem keiner Besitz ergreift, fällt ihm, wie durch Verwandtschaft, zu. Und wenn dieses Herz leidet, so bricht das gleiche Leid wie eine Heimsuchung in ganzen Landstrichen aus, und in den plötzlich aussichtslosen Abenden hält sich seine Klage wie ein Vogelruf. Die Klage, die immer wieder kommt, die einzige ewige Liebesklage; die Klage von der zu großen Liebe, die über jeden Geliebten hinausgewachsen ist.

Diese Klage fällt und steigt wie eine Fontäne in den einsamen Gärten dieser Gedichte. Sie ist da wie ein Duft, sie überfällt einen wie Heimweh, sie häuft sich an wie Erinnerung; sie schließt sich wie ein Zimmer am Mittag, sie glänzt wie ein Spiegel, sie öffnet sich wie eine Tür. Sie stürzt sich mit den Zügen hinaus und wirft Länder um sich aus Verzweiflung. Sie reißt Spanien an sich wie eine Rettung; sie erkennt sich erschreckt in der Wehmut Venedigs, sie träumt von den Wassern von Damaskus und von der Klarheit Ispahans wie von einer Erleichterung. Sie hat Momente, da sie meint, sie ertrüge sich besser, wenn sie als Stadt stünde am Goldenen Horn. Aber schließlich wirft sie sich in das unwissende Gras und giebt sich auf und will aufhören und aufgehen in der Natur; und wieder erhebt sie sich und *ist* noch und fühlt sich so ewig, daß nur sie nicht zittert, wenn sie irgendwo, mitten im Glücklichen, jener anderen Klage begegnet –: der Klage vom Tod.

Dieses ist der Inhalt der wunderbaren Bücher, die unerwartet und unverdient über uns gekommen sind. Es wird der Inhalt alles dessen sein, was diese große Liebende zu geben hat; denn es ist das Äußerste des Frauen-Lebens, das die portugiesische Nonne mit ihren Tränen vergossen hat und das in der heiligen Therese zu einem Öle verdichtet war, dessen Duft sie überwältigte. Uns aber, die wir die Gestalt der Sappho kaum mehr zu erkennen vermochten, ist gewährt, die Wirklichkeit der großen Liebe in einem Werke zu bewundern.

Es gibt eine Möglichkeit, so *weit* zu lieben, daß einem die Unzulänglichkeiten des Liebes-Gegenstands rührend, ja wunderbar werden und zu einem Anlaß, noch um vieles liebender zu sein!

Ich habe nie begriffen, wie eine wirkliche, elementare, durch und durch wahre Liebe unerwidert sein kann;

da sie doch nichts anderes ist, als der dringende selige Anspruch an einen Andern, schön, reich, groß, innig, unvergeßlich zu sein; die an ihn heranflutende Verpflichtung, etwas zu werden –. Und ... wer dürfte das abweisen, wenn es auf ihn sich richtet, ihn erwählt aus den Millionen, ihn findet, der vielleicht in einem Schicksal verborgen oder mitten im Ruhm unnahbar war ... fassen, nehmen, in sich halten kann ja keiner solche Liebe; sie ist so vollends zum Weitergeben bestimmt über jeden hinaus; sie braucht den Geliebten nur, damit er ihr den äußersten Schwung gäbe für ihren weiteren Kreislauf zwischen den Sternen.

Man wird mich schwer davon überzeugen, daß die Geschichte des verlorenen Sohnes nicht die Legende dessen ist, der nicht geliebt werden wollte. Da er ein Kind war, liebten ihn alle im Hause. Er wuchs heran, er wußte es nicht anders und gewöhnte sich in ihre Herzweiche, da er ein Kind war.

Aber als Knabe wollte er seine Gewohnheiten ablegen. Er hätte es nicht sagen können, aber wenn er draußen herumstrich den ganzen Tag und nicht einmal mehr die Hunde mithaben wollte, so wars, weil auch sie ihn liebten; weil in ihren Blicken Beobachtung war und Teilnahme, Erwartung und Besorgtheit; weil man auch vor ihnen nichts tun konnte, ohne zu freuen oder zu kränken. Was er aber damals meinte, das war die innige Indifferenz seines Herzens, die ihn manchmal früh in den Feldern mit solcher Reinheit ergriff, daß er zu laufen begann, um nicht Zeit und Atem zu haben, mehr zu sein als ein leichter Moment, in dem der Morgen zum Bewußtsein kommt.

Das Geheimnis seines noch nie gewesenen Lebens breitete sich vor ihm aus. Unwillkürlich verließ er den Fußpfad und lief weiter feldein, die Arme ausgestreckt, als könnte er in dieser Breite mehrere Richtungen auf einmal bewältigen. Und dann warf er sich irgendwo hinter eine Hecke, und niemand legte Wert auf ihn. Er schälte sich eine Flöte, er schleuderte einen Stein nach einem kleinen Raubtier, er neigte sich vor und zwang einen Käfer umzukehren: dies alles wurde kein Schicksal, und die Himmel gingen wie über Natur. Schließlich kam der Nachmittag mit lauter Einfällen; man war ein Bucanier auf der Insel Tortuga, und es lag keine Verpflichtung darin, es zu sein; man belagerte Campêche, man eroberte Vera-Cruz; es war möglich, das ganze Heer zu sein oder ein Anführer zu Pferd oder ein Schiff auf dem Meer: je nachdem man sich fühlte. Fiel es einem aber ein, hinzuknien, so war man rasch Deodat von Gozon und hatte den Drachen erlegt und vernahm, ganz heiß, daß dieses Heldentum hoffährtig war, ohne Gehorsam. Denn man ersparte sich nichts, was zur Sache gehörte. Soviel Einbildungen sich aber auch einstellten, zwischendurch war immer noch Zeit, nichts als ein Vogel zu sein, ungewiß welcher. Nur daß der Heimweg dann kam.

Mein Gott, was war da alles abzulegen und zu vergessen; denn richtig vergessen, das war nötig; sonst verriet man sich, wenn sie drängten. Wie sehr man auch zögerte und sich umsah, schließlich kam doch der Giebel herauf. Das erste Fenster oben faßte einen ins Auge, es mochte wohl jemand dort stehen. Die Hunde, in denen die Erwartung den ganzen Tag angewachsen war, preschten durch die Büsche und trieben einen zusammen zu dem, den sie meinten. Und den Rest tat das Haus. Man mußte nur eintreten in seinen vollen Geruch, schon war das Meiste entschieden. Kleinigkeiten konnten sich noch ändern; im ganzen war man schon der, für den sie einen hier hielten; der, dem sie aus seiner kleinen Vergangenheit und ihren eigenen Wünschen längst ein Leben gemacht hatten; das gemeinsame Wesen, das Tag und Nacht unter der Suggestion ihrer Liebe stand, zwischen ihrer Hoffnung und ihrem Argwohn, vor ihrem Tadel oder Beifall.

So einem nützt es nichts, mit unsäglicher Vorsicht die Treppen zu steigen. Alle werden im Wohnzimmer sein, und die Türe muß nur gehn, so sehen sie hin. Er bleibt im Dunkel, er will ihre Fragen abwarten. Aber dann kommt das Ärgste. Sie nehmen ihn bei den Händen, sie ziehen ihn an den Tisch, und alle, soviel ihrer da sind, strecken sich neugierig vor die Lampe. Sie haben es gut, sie halten sich dunkel, und auf ihn allein fällt, mit dem Licht, alle Schande, ein Gesicht zu haben.

Wird er bleiben und das ungefähre Leben nachlügen,

das sie ihm zuschreiben, und ihnen allen mit dem ganzen Gesicht ähnlich werden? Wird er sich teilen zwischen der zarten Wahrhaftigkeit seines Willens und dem plumpen Betrug, der sie ihm selber verdirbt? Wird er es aufgeben, *das* zu werden, was denen aus seiner Familie, die nur noch ein schwaches Herz haben, schaden könnte?

Nein, er wird fortgehen. Zum Beispiel während sie alle beschäftigt sind, ihm den Geburtstagstisch zu bestellen mit den schlecht erratenen Gegenständen, die wieder einmal alles ausgleichen sollen. Fortgehen für immer. Viel später erst wird ihm klar werden, wie sehr er sich damals vornahm, niemals zu lieben, um keinen in die entsetzliche Lage zu bringen, geliebt zu sein. Jahre hernach fällt es ihm ein und, wie andere Vorsätze, so ist auch dieser unmöglich gewesen. Denn er hat geliebt und wieder geliebt in seiner Einsamkeit; jedesmal mit Verschwendung seiner ganzen Natur und unter unsäglicher Angst um die Freiheit des andern. Langsam hat er gelernt, den geliebten Gegenstand mit den Strahlen seines Gefühls zu durchscheinen, statt ihn darin zu verzehren. Und er war verwöhnt von dem Entzücken, durch die immer transparentere Gestalt der Geliebten die Weiten zu erkennen, die sie seinem unendlichen Besitzenwollen auftat.

Wie konnte er dann nächtelang weinen vor Sehnsucht, selbst so durchleuchtet zu sein. Aber eine Geliebte, die nachgiebt, ist noch lang keine Liebende. O, trostlose

Nächte, da er seine flutenden Gaben in Stücken wiederempfing, schwer von Vergänglichkeit. Wie gedachte er dann der Troubadours, die nichts mehr fürchteten als erhört zu sein. Alles erworbene und vermehrte Geld gab er dafür hin, dies nicht noch zu erfahren. Er kränkte sie mit seiner groben Bezahlung, von Tag zu Tag bang, sie könnten versuchen, auf seine Liebe einzugehen. Denn er hatte die Hoffnung nicht mehr, die Liebende zu erleben, die ihn durchbrach.

Selbst in der Zeit, da die Armut ihn täglich mit neuen Härten erschreckte, da sein Kopf das Lieblingsding des Elends war und ganz abgegriffen, da sich überall an seinem Leibe Geschwüre aufschlugen wie Notaugen gegen die Schwärze der Heimsuchung, da ihm graute vor dem Unrat, auf dem man ihn verlassen hatte, weil er seinesgleichen war: selbst da noch, wenn er sich besann, war es sein größestes Entsetzen, erwidert worden zu sein. Was waren alle Finsternisse seither gegen die dichte Traurigkeit jener Umarmungen, in denen sich alles verlor. Wachte man nicht auf mit dem Gefühl, ohne Zukunft zu sein? Ging man nicht sinnlos umher ohne Anrecht auf alle Gefahr? Hatte man nicht hundertmal versprechen müssen, nicht zu sterben? Vielleicht war es der Eigensinn dieser argen Erinnerung, die sich von Wiederkunft zu Wiederkunft eine Stelle erhalten wollte, was sein Leben unter den Abfällen währen ließ. Schließlich fand man ihn wieder. Und erst dann, erst in den Hirtenjahren, beruhigte sich seine viele Vergangenheit.

Wer beschreibt, was ihm damals geschah? Welcher Dichter hat die Überredung, seiner damaligen Tage Länge zu vertragen mit der Kürze des Lebens? Welche Kunst ist weit genug, zugleich seine schmale, vermantelte Gestalt hervorzurufen und den ganzen Überraum seiner riesigen Nächte.

Das war die Zeit, die damit begann, daß er sich allgemein und anonym fühlte wie ein zögernd Genesender. Er liebte nicht, es sei denn, daß er es liebte, zu sein. Die niedrige Liebe seiner Schafe lag ihm nicht an; wie Licht, das durch Wolken fällt, zerstreute sie sich um ihn her und schimmerte sanft über den Wiesen. Auf der schuldlosen Spur ihres Hungers schritt er schweigend über die Weiden der Welt. Fremde sahen ihn auf der Akropolis, und vielleicht war er lange einer der Hirten in den Baux und sah die versteinerte Zeit das hohe Geschlecht überstehen, das mit allem Erringen von Sieben und Drei die sechzehn Strahlen seines Sterns nicht zu bezwingen vermochte. Oder soll ich ihn denken zu Orange, an das ländliche Triumphtor geruht? Soll ich ihn sehen im seelengewohnten Schatten der Allyscamps, wie sein Blick zwischen den Gräbern, die offen sind wie die Gräber Auferstandener, eine Libelle verfolgt?

Gleichviel. Ich seh mehr als ihn, ich sehe sein Dasein, das damals die lange Liebe zu Gott begann, die stille, ziellose Arbeit. Denn über ihn, der sich für immer hatte verhalten wollen, kam noch einmal das anwachsende Nichtanderskönnen seines Herzens. Und diesmal hoffte er auf Erhörung. Sein ganzes, im langen Alleinsein ahnend und unbeirrbar gewordenes Wesen versprach ihm, daß jener, den er jetzt meinte, zu lieben verstünde mit durchdringender, strahlender Liebe. Aber während er sich sehnte, endlich so meisterhaft geliebt zu sein, begriff sein an Fernen gewohntes Gefühl Gottes äußersten Abstand. Nächte kamen, da er meinte, sich auf ihn zuzuwerfen in den Raum; Stunden voller Entdeckung, in denen er sich stark genug fühlte, nach der Erde zu tauchen, um sie hinaufzureißen auf der Sturmflut seines Herzens. Er war wie einer, der eine herrliche Sprache hört und fiebernd sich vornimmt, in ihr zu dichten. Noch stand ihm die Bestürzung bevor, zu erfahren, wie schwer diese Sprache sei; er wollte es nicht glauben zuerst, daß ein langes Leben darüber hingehen könne, die ersten, kurzen Scheinsätze zu bilden, die ohne Sinn sind. Er stürzte sich ins Erlernen wie ein Läufer in die Wette; aber die Dichte dessen, was zu überwinden war, verlangsamte ihn. Es war nichts auszudenken, was demütigender sein konnte als diese Anfängerschaft. Er hatte den Stein der Weisen gefunden, und nun zwang man ihn, das rasch gemachte Gold seines Glücks unaufhörlich zu verwandeln in das klumpige Blei der Geduld. Er, der sich dem Raum angepaßt hatte, zog wie ein Wurm krumme Gänge ohne Ausgang und Richtung. Nun, da er so mühsam und kummervoll lieben lernte, wurde ihm gezeigt, wie nachlässig und gering bisher alle Liebe gewesen war, die er zu leisten vermeinte. Wie aus keiner etwas hatte werden können, weil er nicht begonnen hatte, an ihr Arbeit zu tun und sie zu verwirklichen.

In diesen Jahren gingen in ihm die großen Veränderungen vor. Er vergaß Gott beinah über der harten Arbeit, sich ihm zu nähern, und alles, was er mit der Zeit vielleicht bei ihm zu erreichen hoffte, war »sa patience de supporter une âme«. Die Zufälle des Schicksals, auf die die Menschen halten, waren schon längst von ihm abgefallen, aber nun verlor, selbst was an Lust und Schmerz notwendig war, den gewürzhaften Beigeschmack und wurde rein und nahrhaft für ihn. Aus den Wurzeln seines Seins entwickelte sich die feste, überwinternde Pflanze einer fruchtbaren Freudigkeit. Er ging ganz darin auf, zu bewältigen, was sein Binnenleben ausmachte, er wollte nichts überspringen, denn er zweifelte nicht, daß in alledem seine Liebe war und zunahm. Ja, seine innere Fassung ging so weit, daß er beschloß, das Wichtigste von dem, was er früher nicht hatte leisten können, was einfach nur durchwartet worden war, nachzuholen. Er dachte vor allem an die Kindheit, sie kam ihm, je ruhiger er sich besann, desto ungetaner vor; alle ihre Erinnerungen hatten das Vage von Ahnungen an sich, und daß sie als vergangen galten, machte sie nahezu zukünftig. Dies alles noch einmal und nun wirklich auf sich zu nehmen, war der Grund, weshalb der Entfremdete heimkehrte. Wir wissen nicht, ob er blieb; wir wissen nur, daß er wiederkam.

Die die Geschichte erzählt haben, versuchen es an dieser Stelle, uns an das Haus zu erinnern, wie es war; denn dort ist nur wenig Zeit vergangen, ein wenig gezählter Zeit, alle im Haus können sagen, wieviel. Die Hunde sind alt geworden, aber sie leben noch. Es wird berichtet, daß einer aufheulte. Eine Unterbrechung geht durch das ganze Tagwerk. Gesichter erscheinen an den Fenstern, gealterte und erwachsene Gesichter von rührender Ähnlichkeit. Und in einem ganz alten schlägt plötzlich blaß das Erkennen durch. Das Erkennen? Wirklich nur das Erkennen? – Das Verzeihen. Das Verzeihen wovon? – Die Liebe. Mein Gott: die Liebe.

Er, der Erkannte, er hatte daran nicht mehr gedacht, beschäftigt wie er war: daß sie noch sein könne. Es ist begreiflich, daß von allem, was nun geschah, nur noch dies überliefert ward: seine Gebärde, die unerhörte Gebärde, die man nie vorher gesehen hatte; die Gebärde des Flehens, mit der er sich an ihre Füße warf, sie beschwörend, daß sie nicht liebten. Erschrocken und schwankend hoben sie ihn zu sich herauf. Sie legten sein Ungestüm nach ihrer Weise aus, indem sie verziehen. Es muß für ihn unbeschreiblich befreiend gewesen sein, daß ihn alle mißverstanden, trotz der verzweifelten Eindeutigkeit seiner Haltung. Wahrscheinlich konnte er bleiben. Denn er erkannte von Tag zu Tag mehr, daß die Liebe ihn nicht betraf, auf die sie so eitel waren und zu der sie einander heimlich ermunterten. Fast mußte er lächeln, wenn sie sich anstrengten, und es wurde klar, wie wenig sie ihn meinen konnten.

Was wußten sie, wer er war. Er war jetzt furchtbar schwer zu lieben, und er fühlte, daß nur Einer dazu imstande sei. Der aber wollte noch nicht.

Sie haben schon angefangen, sich umzusehen, zu suchen; sie, deren Stärke immer darin bestanden hat, gefunden zu werden.

Das kommt, glaube ich, weil sie müde sind. Sie haben Jahrhunderte lang die ganze Liebe geleistet, sie haben immer den vollen Dialog gespielt, beide Teile. Denn der Mann hat nur nachgesprochen und schlecht. Und hat ihnen das Erlernen schwer gemacht mit seiner Zerstreutheit, mit seiner Nachlässigkeit, mit seiner Eifersucht, die auch eine Art Nachlässigkeit war. Und sie haben trotzdem ausgeharrt Tag und Nacht und haben zugenommen an Liebe und Elend. Und aus ihnen sind, unter dem Druck endloser Nöte, die gewaltigen Liebenden hervorgegangen, die, während sie ihn riefen, den Mann überstanden; die über ihn hinauswuchsen, wenn er nicht wiederkam, wie Gaspara Stampa oder wie die Portugiesin, die nicht abließen, bis ihre Qual umschlug in eine herbe, eisige Herrlichkeit, die nicht mehr zu halten war. Wir wissen von der und der, weil Briefe da sind, die wie durch ein Wunder sich erhielten, oder Bücher mit anklagenden oder klagenden Gedichten, oder Bilder, die uns anschauen in einer Galerie durch ein Weinen durch, das dem Maler gelang, weil er nicht wußte, was es war. Aber es sind ihrer zahllos mehr gewesen; solche, die ihre Briefe verbrannt haben, und andere, die keine Kraft mehr hatten, sie zu schreiben. Greisinnen, die verhärtet waren, mit einem Kern von Köstlichkeit in sich, den sie verbargen. Formlose, stark gewordene Frauen, die, stark geworden aus Erschöpfung, sich ihren Männern ähnlich werden ließen und die doch innen ganz anders waren, dort, wo ihre Liebe gearbeitet hatte, im Dunkel. Gebärende, die nie gebären wollten, und wenn sie endlich starben an der achten Geburt, so hatten sie die Gesten und das Leichte von Mädchen, die sich auf die Liebe freuen. Und die, die blieben neben Tobenden und Trinkern, weil sie das Mittel gefunden hatten, in sich so weit von ihnen zu sein wie nirgend sonst; und kamen sie unter die Leute, so konnten sies nicht verhalten und schimmerten, als gingen sie immer mit Seligen um. Wer kann sagen, wie viele es waren und welche. Es ist, als hätten sie im voraus die Worte vernichtet, mit denen man sie fassen könnte.

Die fünf Briefe der Nonne Marianna Alcoforado: Es fehlt uns nicht an Nachrichten und Gerüchten vom Leben der Gefühle. Aber wir *sehen* sie doch nur in den kurzen Augenblicken, da sie aus dem Strom des Schicksals emporschnellen oder – mit etwas mehr Gelassenheit – wenn sie tot, auf der Seite liegend, an seiner Oberfläche vorbeitreiben.

Ist es nicht vielleicht dieses gewesen, was den portugiesischen Briefen zu allen Zeiten ihr Ansehn verschaffte: daß in ihnen ein großes Gefühl, wie durch ein Wunder, außerhalb des Schicksals vor sich geht, sichtbar, weithinsichtbar, unvergeßlich?

Wann hat man je die Möglichkeit gehabt, Liebe so anwachsen zu sehen? Wo war ein Gefühl von solcher Stärke und Inständigkeit, das nicht gleich wieder untertauchte, sich verwandelte oder, in Verkleidungen wiederkommend, uns verwirrend? Die Kunst der berühmten Geliebten bestand ja gerade darin, ihr Gefühl unter Wasser zu halten; in ihren Bildnissen ist uns dann und wann das seltsam massive Lächeln überliefert, mit dem sie ihre aufsteigenden Gefühle beschwerten, so daß sie bis auf den Grund des Schicksals zurücksanken.

Wie anders mag jenes Lächeln der Marianna Alcoforado gewesen sein. Wir haben keine Erinnerungen daran und es verlangt uns kaum, ihr Angesicht zu sehen. So sehr scheint uns ihre Gebärde das Bleibende zu sein, die unaufhörlich sich steigernde Gebärde, mit der sie ihre schwere Liebe aufhob und hielt, weit über sich hinaus. Wir kannten diese Gebärde nicht vorher, aber die Stimme vernahmen wir nicht zum ersten Mal. Sie glich jener, die bei Einbruch der Frühlingsnacht manchmal aufstehn kann, ausbrechend in alles das, was sich nicht länger verbergen läßt. Wie mit dem Ausholen der Nachtigall nicht nur ein Schreien heraufkommt, sondern auch ein Schweigen, in dem die unfaßliche Nacht enthalten ist, so ist in den Worten dieser Nonne das ganze Gefühl, sein Sagbares und was unsäglich ist in ihm. Und schicksalslos wie die Stimme des Vogels ist auch die ihre.

Ihr Leben ist so einseitig und von so linkischer Schlichtheit, daß selbst aus dem Verhängnisvollen ihrer Liebe kein Schicksal wird. Sie vermißt es, sie sehnt es herbei, alles das Aufgetürmte, Erregende, Vernichtende das Schicksal heißt, solange sie noch hofft, eine große Geliebte zu werden. Aber über alledem wird sie immer mehr die große Liebende, die wir bewundern.

Denn was läßt sich gegen die Bewunderung tun, die sich unser jedesmal beim Lesen dieser Briefe bemächtigt? Dieser Fluß von Vorwürfen und Hoffnungen, Verzweiflung und Entzücken stürzt sich immer wieder mit derselben Gewalt über und hin, und wir haben keine Kraft ihn aufzuhalten. Immer wieder kommen dieselben Fragen heran, dieselben Anklagen, dieselben Versprechungen. Und es sind die gewöhnlichen Fragen und Anklagen und Versprechungen der Liebe, die zu lesen wir so oft überdrüssig geworden sind. Aber hier wächst ihnen, wenn sie auftreten, eine Bedeutung zu, die wir ihnen noch nicht zu geben vermochten.

Wir ahnten es zwar, doch ist uns niemals vielleicht so deutlich aufgezeigt worden, daß das Wesen der Liebe nicht im Gemeinsamen läge, sondern darin, daß einer den andern zwingt, etwas zu werden, unendlich viel zu werden, das Äußerste zu werden, wozu seine Kräfte reichen. Die Briefe der Verlassenen beweisen, daß der Graf von Chamilly sich diesem Zwange fast ganz zu entziehn gewußt hat, wenn man nicht annimmt, daß er sich schon damals überanstrengte, als er, ein paar Monate lang, der Liebende dieser Seligen war, die die Liebe so ernst nahm. Damals stellte er, eitel und selbstsüchtig, ein paar Anforderungen an ihr Gefühl, die sie so glänzend erfüllte und mit so viel Genie übertraf, daß er sich erschrocken zurückzog. Sein Fortgehn war für sie das Unbegreifliche, aber es bestimmte sie zu ihrer Aufgabe. Alleingelassen, nahm ihre Natur es auf sich, alle die Ansprüche nachzuholen und zu erfüllen, die der Geliebte, in seiner Oberflächlichkeit und Eile, vergessen hatte. Und fast möchte man sagen, daß Einsamkeit nötig war, um aus dieser hastig und nachlässig begonnenen Liebe etwas so Vollkommenes zu machen.

Diese Seele, die fähig war ein Glück so groß zu empfinden, kann nicht mehr unter das Unermeßliche herabsinken. Ihr Schmerz wird ungeheuer; aber ihre Liebe wächst noch über ihn hinaus: sie ist nicht mehr zu halten. Und schließlich schreibt Marianna dem Geliebten von ihr: »*sie hängt nicht mehr davon ab, wie du mich behandelst*«. Sie hat alle Proben bestanden.

Mit diesen Briefen des siebzehnten Jahrhunderts ist uns eine Liebe von unvergleichlicher Arbeit erhalten. Wie in einer alten Spitze, so laufen in ihnen die Fäden von Schmerz und Einsamkeit auf unbegreifliche Weise zusammen, um Blumen zu bilden, eine Bahn verwirrender Blumen.

Was sind diese Briefe nun auch uns in die Hände gekommen? Sollten wir daran erinnert werden, daß es das Äußerste ist, wozu ein Frauenleben führen kann:

Daß es mit der seligen Unaufhaltsamkeit seiner entschlossenen Gefühle über die hinauswachse, die die schwere Liebe so langsam lernen, daß sie (immer noch) nur die Wahl haben, Anfänger zu sein oder Dilettanten.

»Es gibt nur – die Liebe«

»Es gibt nur – die Liebe«, schreibt Rilke in einem seiner zahllosen Briefe zu diesem Thema. Man möchte's glauben. Und doch zweifelt man an dieser Formulierung in einem Brief vom 28. Dezember 1921 an Ilse Blumenthal-Weiß. Nichts übersteigt die Liebe? In einer Welt voll Enttäuschung und Konflikten scheint diese Idee schlicht versponnen: die Ausgeburt eines weltfremden Dichters, der sich die Wirklichkeit schönredet. Doch der Verfasser einiger der schönsten Liebesgedichte der Weltliteratur verleiht dieser These eine Tiefe, die sie überzeugend macht. Die Liebe verstand Rilke als die einzige menschliche Erfahrung, durch die wir unser Dasein als sterbliche Wesen in der Zeit übersteigen können.

Jemanden zu lieben bedeutet für Rilke, selber mehr zu geben, als man hat. Einen Menschen zu lieben bedeutet, wie Rilke es am 24. September 1908 in einem Brief an Sidonie Nádherný von Borutin schreibt, an ihn den »dringende[n] selige[n] Anspruch [zu richten], schön, reich, groß, innig, unvergeßlich zu sein«. Geliebt zu werden ist für Rilke keine passive Erfahrung, sondern bringt mit sich die Verantwortung, »etwas zu werden«. Damit wird die Liebe aber auch zum Schwersten, dessen Menschen fähig sind. Zuallererst nimmt Rilke die Liebe ernst. Er verwechselt Liebe nicht mit Verliebtsein und *one-night-stands*, obgleich ihm diese Dimension des Lebens keinesfalls unbekannt blieb. Liebe ist für Rilke Arbeit und Anstrengung, durch die sich der ganze Mensch sammelt und zusammennimmt, um sich dann einem anderen ganz zu öffnen und zu geben. Das Erstaunliche an diesem Vorgang ist, daß ein liebender Mensch sich als etwas mehr erfahren kann, als er sich davor kannte. Die Liebe ist kein Gefühlszustand, sondern gibt uns das Wissen, daß wir uns selbst übersteigen und übertreffen können. Deshalb erklärt Rilke die Liebe zur einzigen Kraft in der Welt. Durch sie erkennen wir unser Potential, uns und damit die Welt zu verändern.

Liebe ernst nehmen ist Rilkes erste Parole. Die Liebe ist keine milde Frühlingslaune, die uns ein paar Wochen versüßt. Noch ist sie der rauschartige Zustand einer wilden Nacht, den Rilke sehr genoß und den er in seinen erotischen Gedichten konkret beschreibt (am nächsten Morgen bereitete Rilke, der fünf Tage Vorbereitung und Sammlung für eine Liebesnacht als angemessen betrachtete, der Geliebten und sich Omeletts). Noch ist die Liebe der zähe Unterbau langfristiger Ehen. Rilke, der von seiner Frau Clara nach etwas über einem Jahr Zusammenleben bis zu seinem Tode getrennt lebte, widmete der Institution der Ehe viele Briefe, da ihn die gesellschaftliche Einrichtung der Liebe interessierte. Zuerst muß man also verstehen, daß man mit der Liebe weder leichtfertig umgehen, noch sie einfach als etwas Gegebenes hinnehmen kann. Wenn Rilke auf der Liebe als einer großen Erfahrung besteht, bedeutet dies nicht, daß die Liebe, wenn sie nun einmal in ein Leben tritt, automatisch und ohne unser Dazutun weiterläuft. Die Liebe ist eine fortwährende Herausforderung und Anstrengung: sie ist Praxis, keine Theorie. Um genau zu sein, glaubt Rilke gar nicht an eine Erfahrung der Liebe. »Aber vom Erleben haben wir hier nicht zu reden, es ist ein Geheimnis, kein sich verschließendes, keines, das den Anspruch macht, versteckt zu werden, es ist das seiner selbst sichere Geheimnis, das wie ein Tempel offen steht«. Aha, sagen wir. Ein sich selbst sicheres Geheimnis. Das bleibt am besten in schöne Verse eingehüllt und wird von mitreißender Musik unterlegt. Dort ist dann dieses »sich selbst sichere Geheimnis«, das Rilke in seinem Brief an Lotte Hepner vom 8. November 1915 so nennt, auch sicher vor unserem Verständnis und kann als Gospel einer entgötterten Welt zum Lieblingsthema eines Dichters werden. Doch steht das Tor zu diesem Geheimnis in Rilkes Briefen weit offen. Dort erklärt Rilke ausführlich, was er unter der Liebe versteht. Dort erklärt er auch, warum es kein Erlebnis der Liebe gibt, im Sinne einer Erfahrung, deren Bedeutung und Wissen uns zugänglich ist. Die Liebe ist immer wieder etwas Neues und Unbekanntes, eben da sie uns auf etwas in uns öffnet, was uns sonst nicht zugänglich wäre. »Die Liebe«, so schreibt Rilke in dem Brief an Lotte Hepner, »nimmt nicht Rücksicht auf unsere Einteilungen, sondern reißt uns, zitternd wie wir sind, in ein endloses Bewußtsein des Ganzen hinein.« Dieses »Ganze«, von dem wir zitternd Kenntnis nehmen, ist in uns selbst zu finden. Deshalb ist es ein Geheimnis, das vollkommen offensteht: es ist das Größte, dessen wir fähig sind, da es die Preisgabe unseres Selbst verlangt. Wenn wir einer anderen Person unsere Liebe offenbaren, machen wir uns vor allem verwundbar. Wir zeigen unser Selbst und riskieren Ablehnung, Indifferenz, Spott, Brutalität. Und selbst wenn diese Liebe erwidert wird, weiß ich nie, ob der andere Mensch mich ebenso liebt wie ich ihn, oder ob er mich immer noch so liebt, wie er gerade beteuerte. Wenn wir dieses Gefühl der Verwundbarkeit aber wirklich riskieren, übersteigen wir uns selbst. Denn dann geben wir »unsere Einteilungen« auf, womit Rilke die fundamentalen Ängste und all die Muster des Selbstschutzes meint, mit denen wir uns gegen mögliche Enttäuschungen und Niederlagen in uns selbst verschanzen. Wir geben unser Selbst auf und gewinnen ein größeres Bewußtsein dessen, in der Welt und in der Zeit zu sein. Wenn wir die Ängste vor Enttäuschung in der Liebe zugunsten der Liebe aufgeben, wird uns die Welt geschenkt. Denn die inneren »Einteilungen«, aus denen wir von der Liebe in ein »endloses Bewußtsein des Ganzen« hineingerissen werden, sind die psychologischen Mechanismen, mit denen wir uns nicht nur gegen konkrete Enttäuschungen verteidigen. Mit diesen Einteilungen sperren wir uns auch gegen die Welt überhaupt: gegen alle Arten von intensiver Erfahrung, ob gut oder schlecht. Die Liebe fordert von uns nichts Geringeres, als das Selbst aufzugeben und es zu verlieren. Das Selbst meint hier die Einheit des Fühlens, Denkens und Erlebens, die uns alles in der Welt zur Erfahrung macht, die wir also solche verstehen und besitzen können. Die Liebe ist kein solches »Erleben«. Sie ist genau das, was die Einheit unseres Denken und Handelns, durch die wir Kontrolle über alles als etwas »Erlebtem« behalten, sprengt. Wir leben die Liebe nicht, sondern sie lebt uns: wie etwas Fremdes schlägt sie bei uns ein und offenbart, daß wir gar nicht alles kontrollieren und beherrschen, was uns widerfährt. Das Selbst in der Liebe aufzugeben bedeutet, uns als etwas Offenstehendes zu erkennen. Die Preisgabe unseres Selbsts, die wir so fürchten und gegen die wir unsere inneren Einteilungen errichten, ist in der Tat furchterregend. Doch ist sie zugleich die Möglichkeit, als etwas in der Welt zu sein.

Seltsamerweise löst die Liebe, die wir doch so oft als die persönlichste, intimste und wesentlichste Erfahrung einer Person verstehen, gerade diese Kategorien einer abgeschlossenen Persönlichkeit auf. Mit der Liebe übersteigen wir uns selbst. Für Rilke ist die Liebe die Möglichkeit, etwas anderes aus unserem Leben zu machen: uns zu verändern und nach den Weichenstellungen der Kindheit noch einmal umzuschwenken. Zum ersten augenscheinlichen Paradox, daß die Liebe unsere intimste Erfahrung, zugleich aber weder intim noch eine Erfahrung ist, tritt ein zweites. Für Rilke ist die Liebe Anlaß, uns zu sammeln und zu konzentrieren. Dafür findet er in einem Brief vom 29. April 1904 an seinen Schwager Friedrich Westhoff eine eindrückliche Metapher.

»Wenn Du jemandem Blumen schenkst, so ordnest Du sie vorher, nicht wahr? Aber junge Menschen, die sich lieb haben, werfen sie einander hin in der Ungeduld und Hast ihrer Leidenschaft, und sie merken gar nicht, welcher Mangel an gegenseitiger Schätzung in dieser unaufgeräumten Hingabe liegt, merken es erst mit Staunen und Unwillen an dem Zerwürfnis, das aus aller dieser Unordnung zwischen ihnen entsteht.«

Doch ist die Liebe, durch die wir auf das Wesen und den innersten Punkt unseres Wesens zusammengezogen werden und für die wir uns, wie Rilke schreibt, vorbereiten und sammeln müssen, auch etwas, das uns ohne unser Zutun widerfährt. Dies läßt sich vielleicht mit dem Lesen eines Gedichts illustrieren. Oder, falls Lyrik nicht so ganz Ihre Sache ist, das Hören eines Popsongs. Wir lesen ein Gedicht oder hören ein Lied und setzen uns mit dessen Inhalt auseinander. Wir verstehen die Metaphern oder teilen das Gefühl, welches uns das Lied mitteilt. Dies ist ein aktiver, bewußter Prozeß. Doch selbst wenn uns das Gedicht nichts sagt oder das Lied unverständlich bleibt, unterwerfen wir uns dem Rhythmus des Gedichts und dem Takt der Musik. Wir lesen jede Zeile so, wie sie gesetzt ist, atmen im Rhythmus des Wortes und des Reimes, lesen schneller und verhalten, wenn Reim, Rhythmus und Takt dies bestimmen. So ist auch die

Erfahrung der Liebe für Rilke etwas, das wir lernen können und bewußt unternehmen sollen und das uns einem anderem Rhythmus unterwirft. Auf die Liebe müssen wir uns lange vorbereiten, und dann ist die Erfahrung der Liebe doch etwas, das uns widerfährt, ob wir es nun wollen oder nicht. Der schönste Blumenstrauß läßt sich kunstvoll arrangieren, doch bleibt auch im elegantesten Bouquet, wie Rilke im Brief vom 29. April 1904 an seinen Schwager betont, etwas, das sich nicht kontrollieren läßt.

»Leben ist ja gerade Sichverwandeln, und menschliche Beziehungen, die ein Lebensextrakt sind, sind das Veränderlichste von allem, steigen und fallen von Minute zu Minute, und Liebende sind diejenigen, in deren Beziehung und Berührung kein Augenblick dem anderen gleicht. Menschen, zwischen denen nie etwas Gewohntes, etwas schon einmal Dagewesenes vor sich geht, sondern lauter Neues, Unerwartetes, Unerhörtes. Es gibt solche Verhältnisse, die ein sehr großes, fast unerträgliches Glück sein müssen, aber sie können nur zwischen sehr reichen Menschen eintreten und zwischen solchen, die jeder für sich, reich, geordnet und versammelt sind, nur zwei weite, tiefe, eigene Welten können sie verbinden. – Junge Menschen – das liegt auf der Hand – können ein solches Verhältnis nicht gewinnen, aber sie können, wenn sie ihr Leben recht begreifen, langsam zu solchem Glück anwachsen und sich vorbereiten dafür. Sie müssen, wenn sie lieben, nicht vergessen, daß sie Anfänger sind, Stümper des Lebens, Lehrlinge in der Liebe, – müssen Liebe *lernen*, und dazu gehört (wie zu *jedem* Lernen) Ruhe, Geduld und Sammlung!«

Schon zu Lebzeiten war Rilke ein sehr bekannter Dichter. Eine kurze Erzählung in blumiger Sprache, teils gedichtet, teils märchenhaft dunkel geformt, die von einem edlen Soldaten handelte, der eine große Liebe in einem großen Krieg erlebt, hatte sich 1920 mehr als 400 000 mal verkauft. *Die Weise von Liebe und Tod des Cornets Christoph Rilke* bot eine Kriegsgeschichte mit einer zutiefst sentimentalen Dimension und befriedigte das Bedürfnis unzähliger Leser, auch in den schwersten Jahren der militärischen Konflikte, des Schreckens und der Auflösung politischer und privater Sicherheiten etwas vom fundamentalen und tragischen Glück der Liebe zu erfahren. Doch ist *Die Weise*, die Rilke seinen eigenen Angaben zufolge in einer einzigen stürmischen Nacht spontan geschrieben und daraufhin kein Wort verändert hatte, eigentlich untypisch für Rilke als Autor. Rilkes Auffassung der Liebe in allen seinen Briefen und den meisten Gedichten fällt heraus aus der sehr langen Tradition westlicher Liebesgeschichten. Diese Tradition schreibt eine lange Geschichte vom großen Glück, von sublimen Versprechungen und Erwartungen und momentaner, ekstatischer Erfüllung. Doch enden alle diese Geschichten tragisch: die traurigen Enden von Orpheus und Eurydike, David und Jonathan, Romeo und Julia und schließlich Richard Wagners Liebestod als Krönung des höchsten menschlichen Gefühlszustands sind Prototypen dieser Erzählung, die noch heute unsere Auffassung der Liebe bestimmt.

Rilkes Auffassung der Liebe schreibt diese Geschichte nicht fort. Er macht zwei große, ehrgeizige Versuche, das tragische Ende der Liebe umzuschreiben. Und da unser Verständnis der Liebe so stark von Angst vor Verlust oder Ablehnung (was die Psychoanalytiker als narzißtische Kränkung unseres Selbstwertgefühls beschreiben) geprägt ist, daß wir lieber von vornherein bei großer Liebe ein unabwendbar tragisches Ende annehmen, fallen diese Versuche – jeder auf seine Art – extrem aus. Einmal gibt es bei Rilke den Versuch, das Unglück einer vergeblichen oder unerwiderten Liebe radikal umzuwerten. Und als zweiten Gegenentwurf zum tragischen Verständnis der Liebe als einer unweigerlich traurigen Erfahrung insistiert Rilke, wie schon oben skizziert, daß die Liebe den Liebenden unabhängig von der Reaktion des Liebenden größer, schöner, stärker, reicher macht. Dabei beschönigt Rilke keinesfalls die tiefen Schmerzen der Trennung, des Verlusts, der Enttäuschung. Doch ordnet er diese Schmerzen in unser Leben ein als Möglichkeit, die Spannbreite unserer Erfahrung insgesamt zu erweitern. Durch den Schmerz hindurchzuleben kann heißen, die eigenen Möglichkeiten zu erkennen: die Tiefe der eigenen Persönlichkeit zu erleben, versteckte Verluste ans Licht treten zu lassen, statt sie zu verdrängen.

Rilke setzt dem westlichen Mythos der Liebe als einer Geschichte mit unweigerlich tragischem Ausgang einen anderen Mythos entgegen, der auf den ersten Blick nicht weniger tragisch wirkt. Die heroischen Figuren in diesem Mythos sind Frauen, die eine erschütternde Enttäuschung in der Liebe zum Anlaß nahmen, ihrer furchtbaren Erfahrung bis auf den Grund nachzugehen. Diese Frauen, zu denen Rilke Louize Labé, Marceline Desbordes, Marianna Alcoforado, Hildegard von Bingen, Bettine von Arnim und Theresa von Ávila zählt und die er in Briefen und schließlich seinen Prosatexten immer wieder erwähnt, werden zum Anlaß, die Liebe anders zu denken. Nachdem sie in diesem Schmerz ausgehalten hatten und sich nicht mehr als Opfer verstanden, sondern – so Rilke – unbeirrt weiterliebten, wurde die Liebe in ihnen zu einer alles bestimmenden Ausrichtung ihres Daseins. Die Liebe gab diesen Frauen Anlaß, zuerst das Objekt der Liebe zu überwinden. Sobald sie trotz der Ablehnung oder des Verlustes des geliebten Menschen weiterliebten, verschwand die Möglichkeit, sich selbst als passives Opfer der Willkür eines anderes Menschen zu verstehen. Statt die Intensität des eigenen Gefühls in Haß auf den untreuen oder abwesenden Liebenden umzuleiten, steigern sie ihre eigene Empfindung nun unabhängig von der Bestätigung durch ihre Geliebten.

In gewissem Sinne erwachten diese Frauen erst durch ihren Verlust aus dem kindlichen Zustand des naiven und grenzenlosen Vertrauens, das viele Menschen der Liebe andichten. Rilke hält nichts von solchen sentimentalen und romantischen Auffassungen der Liebe, die Liebeserfahrungen als entweder absolute Erfüllung oder tödlichen Verlust ansehen. Eine solche Idee der Liebe hält Rilke für naiv, da sie die Liebe zu einer Extremerfahrung macht, die nur von Bestätigung oder Widerlegung durch einen anderen Menschen abhängt, dabei aber andere Dimensionen dieser Erfahrung verleugnet. Das absolute Vertrauen in die Welt, das sich viele Menschen von der Liebe versprechen, ist die Rückkehr zu einer sicherlich charmanten, aber letztlich kindlichen Haltung, in der die Welt nicht als etwas uns Übersteigendes, sondern als etwas Überschaubares verstanden wird. Tritt absolutes Vertrauen in die Welt bei Erwachsenen auf, schließt dies die Möglichkeit aus, daß uns etwas wirklich Unerwartetes – im Guten wie im Schlechten – widerfährt. Lieben bedeutet für Rilke, daß »nie etwas Gewohntes, etwas schon einmal Dagewesenes [zwischen zwei Menschen] vor sich geht, sondern lauter Neues, Unerwartetes, Unerhörtes.« Dies ist kein Rezept für permanentes Glück, sondern ein Hinweis darauf, was es bedeuten kann, zu leben.

Der Liebende versucht, in der Liebeserfahrung zum naiven Vertrauen der Kinderzeit zurückzukehren. Doch schließt er dadurch ungewollt auch die Möglichkeit aus, sich selbst durch eine Erfahrung verändern zu lassen: er verharrt in der Illusion, die Begegnung mit einem anderen Menschen und die Erfahrung der Welt ließe uns immer in einem unveränderten Zustand. Rilke, der mit Freud persönlich bekannt war und dessen Schriften bewunderte, eine eigene Analyse aber ablehnte, interessiert sich hier nicht für klinische Auffassungen von Liebe als narzißtisch, neurotisch oder entwicklungsgehemmt. Die hier gesammelten Bemerkungen zur Liebe sind nichts als die präzisen Beschreibungen eines Zustandes, den die meisten Menschen als Eintrittskarte ins Glück oder eben dessen Widerlegung, nämlich als tragische Enttäuschung und Zerstörung eines Grundvertrauens, verstehen möchten. Doch gibt es für Rilke keine Möglichkeiten, die Enttäuschungen der Kindheit nachträglich wettzumachen: dazu ist selbst die größte Liebeserfahrung nicht tauglich. Statt dessen erinnert die Liebe erwachsene Menschen an deren Fähigkeit, sich noch verändern zu können: sich verlieben heißt vor allem, aus sich das Beste zu machen und anzuerkennen, daß uns die Welt in ihrer Fülle übersteigt.

Die meisten Menschen, so Rilke, halten dies nicht aus. Sie werfen sich deshalb mit der Begeisterung von Jugendlichen in die Liebe, ohne sich ihrer eigenen Erwartungen und Beteiligung an dieser Erfahrung bewußt zu sein. Und sie verstehen nicht, daß die Liebe sie als »Forcierung ihres Herzens« übersteigen wird. Die Mystikerinnen, deren Geschichten Rilke ein tieferes Verständnis der Liebe abgewinnen will, setzten sich der Erfahrung der Liebe gänzlich aus. Es ist hierbei unwichtig, ob diese Frauen ihre Erfahrungen tatsächlich so erlebten. Für Rilke werden sie zu *Figuren* einer Erfahrung, die sich uns sonst hinter den Intensitäten unserer Liebesobjekte verbirgt. Die Mystikerinnen ziehen sich nicht auf die Rolle des verlassenen Opfers zurück, sondern versuchen zu ergründen, inwiefern die Erfahrung der Liebe selbst *nach* einer Enttäuschung für die liebende Person produktiv gemacht werden kann. Rilke befaßt sich hier mit den tatsächlichen oder erfundenen Geschichten von Frauen, die von ihren Liebhabern verlassen wurden, aber die Rolle der passiven Geliebten nicht akzeptierten. Diese Frauen nahmen die Liebe ernst als eine Aufgabe, der man sich eingehend widmen soll. Statt sich selbst zu bemitleiden, vertieften sie sich in ihren Schmerz. Sie nahmen sich ihrer Einsamkeit an, wie sich andere Menschen dem atemberaubenden Anblick des Hochgebirges oder einer großen Wüste, des offenen Meeres oder eines Wolkenkratzer aussetzen. Die Einsamkeit als etwas Erhabenes in sich selbst zu entdecken: dies ist die große Aufgabe, der sich diese Frauen widmen. Rilke meinte damit nicht ein unglückliches Alleinsein. »Die höchste Aufgabe einer Verbindung zweier Menschen« ist für ihn, »daß einer dem anderen seine Einsamkeit bewache. Denn wenn das Wesen der Gleichgültigkeit und der Menge darin besteht, keine Einsamkeit anzuerkennen, so ist Liebe und Freundschaft dazu da, fortwährend Gelegenheit zur Einsamkeit zu geben.« In diesem Brief an Paula Modersohn-Becker vom

12. Februar 1902 meint Rilke, die Liebe als Gelegenheit zu nutzen, sich selbst besser kennenzulernen, um einem anderen Menschen dann authentischer zu begegnen. Die Erfahrung der Liebe übersteigt uns. Die eigene Tiefe durch die Erfahrung der Liebe besser kennenzulernen, heißt auch zu erkennen, wo die eigenen Grenzen sind.

Zum einen besteht Rilke darauf, daß die Liebe gelernt werden muß. Zum anderen ergründet er am Beispiel der unglücklich Liebenden, wie sich die Erfahrung der Liebe von ihren Objekten ablöst und uns Einblick in sonst unzugängliche Dimensionen unserer selbst gewährt. Ein drittes wichtiges Thema in Rilkes Briefen zur Liebe ist das Thema der Trennung. In seinem Briefwechsel mit Hans und Inga Junghanns schreibt Rilke an zwei Menschen, die sich dafür entscheiden, nicht mehr zusammenzuleben. Wie in allen seinen Briefen widmet sich Rilke den Problemen seiner Bekannten mit der größten Ernsthaftigkeit: keine Frage ist zu absurd, keine Gefühlsaufwallung wird als Überreaktion abgetan, kein Detail dieser Trennung wird mit einer kurzen Bemerkung abgehandelt, selbst wenn die Geschichte des Paares schließlich nichts nennenswert Neues in die Welt bringt. Rilkes Briefe zeichnen sich durch ihre Direktheit aus und dadurch, daß sie das Leben in allen seinen Facetten ernst nehmen.

»In einem solchen Fall heißt es (nach meiner persönlichen Meinung), sich auf sich selbst zurückziehen und weder zu dem einen noch zu dem anderen Wesen hinzustreben, das Leiden, welches beide verursachen, nicht auf die Ursache des Leidens (die so weit außerhalb liegt) beziehen, sondern für sich selbst fruchtbar machen. Wenn Sie die Vorgänge Ihres Gefühls in die Einsamkeit übertragen und Ihr schwankendes und zitterndes Empfinden nicht in die gefährliche Nähe von Magnetkräften bringen, so wird es mit der ihm eigenen Beweglichkeit von selbst diejenige Lage einnehmen, welche ihm die natürliche und notwendige ist.«

Die Magnetkräfte, von denen Rilke in diesem Brief an Emanuel von Bodman vom 17. August 1901 spricht, entspringen der Gegenwart der Person, von der man sich gerade unter Schmerzen trennt. Das »Leiden [...] fruchtbar zu machen« bedeutet also gerade nicht, die Schmerzen zu verleugnen. Es heißt vielmehr, sich auch der Schmerzen bewußt zu sein, die der sich Trennende erfährt, die er aber hinter seinen Schuldgefühlen verstekken möchte. Schmerz läßt sich nicht verstehen. Ihn zu verleugnen heißt aber auch oft, den Anlaß des Schmerzes nicht zu erkennen. Rilke schlägt seinem Briefpartner nicht mehr und nicht weniger vor, als diesen Schmerz ernst zu nehmen. Eine Trennung muß für Rilke, der es selber auch nicht weiß (er schränkt seinen Rat mit »nach meiner persönlichen Meinung« ein), mit der gleichen Sorgfalt bewältigt werden wie der Beginn einer Beziehung. Sich Hals über Kopf wie einen ungeordneten Blumenstrauß in eine Beziehung stürzen ist nicht sehr viel anders, als ebenso überstürzt aus einem ernsteren Verhältnis zu entfliehen.

Rilke selbst erlebte in seinem Leben einige große Lieben. Zu den beeindruckenden Frauen, die Rilke liebten, gehören die Schriftstellerinnen Lou Andreas-Salomé und Claire Goll, die Bildhauerin Clara Rilke, die Pianistin Magda von Hattingberg, die Malerinnen Loulou Albert-Lazard sowie Baladine Klossowska, die Mutter des Schriftstellers Pierre Klossowski und des Malers Balthus. All diesen Frauen erklärte Rilke, was er unter Liebe verstand. Und alle wollten eben dies hören: was die Liebe ist, wie sie uns verändert, und wie wir sie erfahren können, ohne uns selber gänzlich zu verlieren. Sie wollten etwas hören, an das sie glauben konnten: wie wir alle an die Liebe glauben möchten. Man mag dies als Selbsttäuschung bezeichnen. Doch ist es eine Art der Täuschung, die uns zu modernen Menschen macht. Denn sie erlaubt uns, aus uns selbst und ohne Anrufung einer höheren, gottartigen Instanz etwas Größeres zu machen. Dichtung ist das Versprechen, daß Liebe andauern kann: eine Täuschung, um die wir wissen und die wir dennoch wollen und brauchen. Rilkes Briefe erklären, was es bedeutet, daß wir im Leben getäuscht werden wollen: weil der Glaube an die Liebe letztlich die Angst vor der eigenen Verwundbarkeit überwiegen muß. So bieten Rilkes Briefe keine Interpretationshilfen für Rilkes Gedichte, sondern vertiefen, warum uns Liebesgedichte so bewegen.

In unzähligen Briefen gab Rilke seinen Briefpartnern Rat in Herzensangelegenheiten, die er selbst als fortwährend neu erlebte und wichtig nahm wie die größten Ereignisse der Weltgeschichte. Nicht weil er Romantiker war, sondern weil sie das menschliche Potential verwirklichen, unsere Anliegen auf etwas Größeres auszurichten. In diesen Briefen entwickelt Rilke ungemein praktische Anweisungen, wie man lieben kann. Er warnt davor, sich selbst in einer Liebesbeziehung aufzugeben oder sich überstürzt in eine Affäre zu werfen. Zugleich ermutigt er uns, große Liebe auszuleben.

Doch sind Rilkes Ratschläge nicht die Belehrungen von einem, der es besser weiß. Vorsichtig sucht er in seinen Briefen nach präzisen Formulierungen, die den kleinsten Nuancen großer Gefühlsbewegungen gerecht werden. Rilke nimmt alles ernst, weil er selber so wenig versteht (wie er in einem Brief an Franz Xaver Kappus vom 12. August 1904 betont):

»Glauben Sie nicht, daß er, welcher Sie zu trösten versucht, mühelos unter den einfachen und stillen Worten lebt, die Ihnen manchmal wohltun. Sein Leben hat viel Mühsal und Traurigkeit und bleibt weit hinter ihnen zurück. Wäre es aber anders, so hätte er jene Worte nie finden können.«

Rilke scheut sich nicht davor, die Schwierigkeiten einer Beziehung direkt anzusprechen. Einigen seiner Briefpartner rät er, die verlorene Distanz zwischen sich wiederherzustellen, um dann zu verstehen, ob die Beziehung zu erhalten sei. In einem anderen Fall antwortet er ausführlich einer jungen Frau, die in einer schwierigen Situation von ihren Eltern zum Psychiater geschickt werden soll. In manchen Situationen, so Rilke, verstehen nur die direkt Beteiligten, was ihnen widerfährt. Von außen eine solche Situation oder die Verhaltensweisen der Liebenden zu beurteilen steht niemanden zu. Rilkes Versuche, die Erfahrung einer anderen Person zu erfühlen, sind unendlich vorsichtig und geduldig, ebenso behutsam wie beharrlich. Da er sich allen Einzelheiten eines Gefühls und einer Erfahrung widmet, reichen seine Gedanken meist viel weiter, als die Gemeinplätze der Psychologie. Man kann Rilkes Überlegungen zur Liebe an einer beliebigen Stelle aufschlagen: nach wenigen Sätzen entsteht das etwas unheimliche Gefühl, als kenne Rilke unsere privatesten Umstände und spräche uns persönlich an. So lassen sich Rilkes Ausführungen zur Liebe als eine Phänomenologie bezeichnen – wäre dieses Wort nicht viel zu technisch. Rilkes Worte sind tief im Leben verwurzelt und versuchen einen Menschen zu erreichen, der im Leben mit sich ringt.

So schickt Rilke an die junge Schweizerin Anita Forrer, die in eine ältere Frau verliebt war, konkrete Ratschläge. Forrer hatte sich an Rilke gewandt, weil sie sich von einem seiner Gedichtbändchen angesprochen gefühlt hatte. Rilke spürte den Ernst dieser Person, die ihre eigene Liebeserfahrung als etwas Kostbares verstehen wollte, dazu aber zugleich alleine nicht fähig war. Und Rilke versucht die Situation von innen zu verstehen: er gibt keinen Rat, sondern bietet Forrer wie in diesem Briefauszug vom 2. Januar 1920 die Möglichkeit, ihre Situation mit seinen Worten präziser zu erfassen:

»Wir wissen nicht, *welches* die Mitte einer Liebes-Beziehung ist, welches ihr Äußerstes, Unübertrefflichstes und Seeligstes sei: manchmal vielleicht wird diese Mitte mit der letzten und süßesten Innigkeit der Körper gegeben sein (auch zwischen Frauen), darüber dürfte *niemand* Richter sein, als die verschwiegene Verantwortlichkeit eben dieser Liebenden und Genießenden selbst. Nicht dieses Sich-einander-schenken wäre ein Abweg für sie, höchstens die Unsicherheit wäre es, ob sie damit wirklich sich zu jener anhaltenden Steigerung verhelfen, zu der sich gegenseitig anzutreiben, die eigentliche Lust und Sehnsucht der Liebe ist. [...] Denn es darf *keine* Zärtlichkeit der Liebe Macht haben über die Liebe selbst, keine darf mit der Gewalt der blinden Wiederholung sich aufdrängen, immer muß wieder eine ganz neue aus der Unerschöpflichkeit des Gefühls geboren werden.«

Viele Jahrzehnte nach ihrem Briefwechsel mit Rilke, den sie im Alter von achtzehn Jahren führte, erklärte Forrer, daß Rilkes Briefe ihr einen geistigen Lebensraum eröffneten, der für ihr Leben maßgebend wurde. Rilke betrachtete seine eigenen Briefe an die junge Anita Forrer als eine gesunde Außenperspektive, von der die junge Frau ihre großen Gefühle erstmalig überschauen konnte:

»Aber ich darf, scheint mir, Ihre Worte doch stehen und gelten lassen, *als eine Hülfskonstruktion in der Geometrie des Herzens, die einen Punkt draußen nötig hat, um überhaupt der Distanzen und Verhältnisse in dem unabsehlichen Raum des Gefühls irgendwie mächtig zu werden.*«

Rilke unterstrich seine prägnante Formulierung. Ihm war bewußt, was seine Briefe für diese junge Frau bedeuten konnten. Anita Forrer halfen Rilkes Briefe, ihren Weg im Leben zu finden.

Aus der Hoffnung, Rilkes Briefe mögen so auch über die spezifischen Adressaten hinaus einen Weg weisen, entstand der vorliegende Band zur Liebe. Ohne den Anspruch auf Wissenschaftlichkeit zu erheben, sind Rilkes Worte hier genau wiedergegeben nicht als Ratschlag und Weisung, sondern als ein »Punkt draußen ... um überhaupt der Distanzen und Verhältnisse in dem unabsehlichen Raum des Gefühls irgendwie mächtig zu werden.« Mit Rilkes Worten mag es gelingen, sich durch die Erfahrung der Liebe, wie er dies in einem anderen Zusammenhang am 11. September 1919 an Adelheid von der Marwitz schreibt, in eine »tiefer[e] inniger[e] Schicht des Lebens eindrängen« zu lassen.

Ulrich Baer

Inhalt

Rainer Maria Rilke
im Insel Verlag
Eine Auswahl

Werke. Kommentierte Ausgabe in vier Bänden und einem Supplementband. Herausgegeben von Manfred Engel, Ulrich Fülleborn, Horst Nalewski, August Stahl. 4940 Seiten. Leinen; Supplementband herausgegeben von Manfred Engel und Dorothea Lauterbach

Gesammelte Werke in fünf Bänden. Herausgegeben und mit Nachworten versehen von Manfred Engel, Ulrich Fülleborn, Horst Nalewski und August Stahl. 1568 Seiten

Einzelausgaben

Ausgesetzt auf den Bergen des Herzens. Gedichte aus den Jahren 1906 bis 1926. it 98. 206 Seiten

Das Buch der Bilder. it 26. 117 Seiten

Duineser Elegien. Die Sonette an Orpheus. it 80. 89 Seiten

Erste Gedichte. Larenopfer. Traumgekrönt. Advent. it 1090. 167 Seiten

Frühe Gedichte. it 878. 117 Seiten

Die Gedichte in einem Band. Leinen und it 2246. 1132 Seiten

Gedichte. Aus den Jahren 1902 bis 1917. Taschenbuchausgabe der 1931 als Privatdruck erschienenen Edition der Handschrift R. M. Rilkes. Illustriert von Max Slevogt. it 701. 236 Seiten

NF 10/1/2.05

Das Stunden-Buch. Enthaltend die drei Bücher: Vom mönchischen Leben. Von der Pilgerschaft. Von der Armut und vom Tode. Pappband und it 2. 119 Seiten

Die Aufzeichnungen des Malte Laurids Brigge. Leinen, it 630 und it 2565. 230 Seiten

Die Erzählungen. it 1717. 434 Seiten

Geschichten vom lieben Gott. Illustrationen von E. R. Weiß. it 43. 109 Seiten

Die Letzten. Im Gespräch. Der Liebende. it 935. 76 Seiten

Zwei Prager Geschichten. Und ›Ein Prager Künstler‹. Mit Illustrationen von Emil Orlik. Herausgegeben von Josef Mühlberger. it 235. 149 Seiten

Auguste Rodin. Mit 96 Abbildungen. it 766. 143 Seiten

Briefe über Cézanne. Herausgegeben von Clara Rilke. Besorgt und mit einem Nachwort versehen von Heinrich Wiegand Petzet. Mit siebzehn farbigen Abbildungen. it 672. 140 Seiten

Worpswede. Fritz Mackensen. Otto Modersohn. Fritz Overbeck. Hans am Ende. Heinrich Vogeler. Mit zahlreichen Farbtafeln und Abbildungen im Text. it 1011. 236 Seiten

Über moderne Malerei. Herausgegeben von Martina Krießbach-Thomasberger. Mit zahlreichen farbigen Abbildungen. it 2546. 180 Seiten

Die Liebenden. Die Liebe der Magdalena. Portugiesische Briefe. Die Briefe der Marianna Alcoforado. Die vierundzwanzig Sonette der Louïze Labé. it 355. 94 Seiten. Als Großdruck it 2366. 126 Seiten

NF 10/2/2.05

Silberne Schlangen. Die frühen Erzählungen aus dem Nachlaß. Herausgegeben vom Rilke-Archiv in Zusammenarbeit mit Hella Sieber-Rilke, besorgt durch August Stahl.
182 Seiten. Leinen

Gedichte an die Nacht. Herausgegeben von Klaus E. Bohnenkamp. IB 1261. 128 Seiten

Briefe und Tagebücher

Rainer Maria Rilke / Lou Andreas-Salomé. Briefwechsel. Herausgegeben von Ernst Pfeiffer. it 1217. 647 Seiten

Rainer Maria Rilke. Briefwechsel mit Rolf von Ungern-Sternberg und weitere Dokumente zur Übertragung der »Stances« von Jean Moréas. Herausgegeben von Konrad Kratzsch und Vera Hauschild. 160 Seiten. Gebunden

Rainer Maria Rilke / Claire Goll. »Ich sehne mich sehr nach Deinen blauen Briefen«. Briefwechsel. Herausgegeben von Barbara Glauert-Hesse. it 2868. 215 Seiten

»Sieh dir die Liebenden an«. Briefe an Valerie von David-Rhonfeld. Herausgegeben von Renate Scharffenberg und August Stahl. 334 Seiten. Leinen

Briefwechsel mit einer jungen Frau. Herausgegeben von Horst Nalewski. 110 Seiten. Leinen

Briefwechsel mit Thankmar von Münchhausen 1913 bis 1925. Herausgegeben von Joachim W. Storck.
220 Seiten. Gebunden

NF 10/3/2.05

Rainer Maria Rilke / Mathilde Vollmoeller. Briefwechsel. Herausgegeben von Barbara Glauert-Hesse. it 3088. 170 Seiten

Sammlungen

»Hiersein ist herrlich«. Gedichte, Erzählungen, Briefe. Ausgewählt von Vera Hauschild. Mit einem Geleitwort von Siegfried Unseld. 240 Seiten. Leinen

In einem fremden Park. Gartengedichte. Zusammengestellt von Marianne Beuchert. Fotos von Marion Nickig. IB 1129. 77 Seiten

Lektüre für Minuten. Gedanken aus seinen Büchern und Briefen. Ausgewählt von Ursula und Volker Michels. 191 Seiten. Gebunden und it 1879. 173 Seiten

Liebesgedichte. Ausgewählt von Vera Hauschild. Mit einem Nachwort von Siegfried Unseld. it 2823. 101 Seiten

Liebesgeschichten. Ausgewählt von Vera Hauschild. it 2894. 120 Seiten

Rilke für Gestreßte. Ausgewählt von Vera Hauschild. it 2191. 100 Seiten

Rilkes Landschaft. In Bildern von Regina Richter. Zu Gedichten von Rainer Maria Rilke. Mit einem Nachwort von Siegfried Unseld. it 588. 86 Seiten

Vom Alleinsein. Geschichten. Gedanken. Gedichte. Herausgegeben von Franz-Heinrich Hackel. it 1216. 149 Seiten

NF 10/4/2.05

Weihnachten. Briefe. Gedichte und die Erzählung »Das Christkind«. Herausgegeben von Hella Sieber-Rilke. it 2865. 120 Seiten

Reise nach Ägypten. Briefe, Gedichte, Notizen. Herausgegeben von Horst Nalewski. Mit zahlreichen Abbildungen. it 2699. 176 Seiten

Mit Rilke durch die Provence. Herausgegeben von Irina Frowen. Mit farbigen Fotografien von Constantin Beyer. it 2148. 126 Seiten

Über die Liebe. Geschichten und Gedichte. Ausgewählt von Vera Hauschild. it 3061. 112 Seiten

Jahreszeiten. Gedichte und Gedanken. Ausgewählt von Vera Hauschild. it 3109. 160 Seiten

Biographien

Ralph Freedman. Rainer Maria Rilke. Übersetzt von Curdin Ebneter. Zwei Bände in Kassette. Auch einzeln lieferbar. Mit Abbildungen. Gebunden

- Erster Band: Der junge Dichter. 1875 – 1906. 460 Seiten
- Zweiter Band: Der Meister. 1906 – 1926. 650 Seiten

Zu Rainer Maria Rilke

Erinnerungen an Rainer Maria Rilke und Rilkes Mutter. Von Hertha Koenig. Mit Abbildungen. Herausgegeben von Joachim W. Storck. it 2697. 142 Seiten

NF 10/5/2.05

Philosophie
im insel taschenbuch
Eine Auswahl

Augustinus. Bekenntnisse. it 1002. 1046 Seiten

Augustinus. Liebe und tu, was du willst. Ausgewählt von Michael Treberian. Großdruck. it 2382. 90 Seiten

Ernst Bloch. Ins Gelingen verliebt. Aphorismen und Lebensweisheiten. Ausgewählt vonKarlheinz Weigand. Eingeleitet von Klaus Kufeld. Mit farbigen Illustrationen von F. W. Bernstein. it 2702. 95 Seiten

Boethius. Trost der Philosophie. Zweisprachige Ausgabe. Übersetzt von Ernst Neitzke. Mit einem Vorwort von Ernst Ludwig Grasmück. it 1215. 344 Seiten

Epiktet. Wege zum glücklichen Handeln. Übersetzt von Wilhelm Capelle. it 1458. 221 Seiten

Epikur. Philosophie der Freude. Hauptlehrsätze. Spruchsammlung. Fragmente. Übertragen und mit einem Nachwort versehen von Paul M. Laskowsky. it 1057. 121 Seiten

Denken mit Kant. Ein philosophisches Lesebuch. Herausgegeben von Wilhelm Weischedel. it 2991. 234 Seiten

Kant für Gestreßte. Ausgewählt von Ursula Michels-Wenz. it 2990. 180 Seiten

Kierkegaard für Gestreßte. Ausgewählt von Johan de Mylius. it 2661. 192 Seiten

NF 43/1/2.04

Konfuzius. Die Weisheit des Konfuzius. Übersetzt und eingeleitet von Hans H. O. Stange. Mit einem Nachwort von Ursula Gräfe. it 2999. 112 Seiten

Konfuzius für Gestreßte. Ausgewählt von Ursula Gräfe. it 2754. 128 Seiten

Georg Christoph Lichtenberg
- Aphorismen. In einer Auswahl. Herausgegeben und mit einem Nachwort versehen von Kurt Batt. it 165. 316 Seiten
- Krokodile im Stadtgraben. Sudelsprüche und Schmierbuchnotizen. Ausgewählt und mit Zeichnungen versehen von Robert Gernhardt. it 2595. 321 Seiten
- Lichtenbergs Funkenflug der Vernunft. Herausgegeben von Jörg-Dieter Kogel, Wolfram Schütte und Harro Zimmermann. it 1414. 128 Seiten
- Sudelbücher. Herausgegeben von Franz H. Mautner. Mit einem Nachwort, Anmerkungen zum Text, einer Konkordanz der Aphorismen-Nummern und einer Zeittafel. it 792. 683 Seiten

Niccolò Machiavelli
- Discorsi. Über Staat und Politik. Übersetzt von Friedrich von Oppeln-Bronikowski. Herausgegeben von Horst Günther. it 2551. 513 Seiten
- Der Fürst. Übersetzt von Friedrich von Oppeln-Bronikowski. Mit einem Nachwort von Horst Günther. it 1207. 176 Seiten
- Machiavelli für Manager. Sentenzen. Ausgewählt von Luigi und Elena Spagnol. it 1733. 109 Seiten

NF 43/2/2.04

Marc Aurel. Selbstbetrachtungen. Übersetzt von Otto Kiefer. Mit einem Vorwort von Klaus Sallmann. it 1374. 202 Seiten

Michel de Montaigne. Essais. Herausgegeben und mit einem Nachwort versehen von Ralph-Rainer Wuthenow. Revidierte Fassung der Übertragung von Johann Joachim Bode.
it 220. 307 Seiten

Montaigne für Gestreßte. Ausgewählt von Uwe Schulz.
it 2845. 112 Seiten

Friedrich Nietzsche

- Also sprach Zarathustra. Ein Buch für Alle und Keinen. Thomas Mann: Die Philosophie Nietzsches im Lichte unserer Erfahrung. it 145. 368 Seiten. it 2676.
- Der Antichrist. Versuch einer Kritik des Christentums. it 947. 126 Seiten
- Briefe. Ausgewählt von Richard Oehler. Mit einem Essay von Ralph-Rainer Wuthenow. it 1546. 412 Seiten
- Ecce homo. Mit einem Vorwort von Raoul Richter und einem Nachwort von Ralph-Rainer Wuthenow.
  it 2677. 176 Seiten
- Formel meines Glücks. Aus Friedrich Nietzsches Werken und Nachlaß. Herausgegeben von Hans-Joachim Simm.
  it 2751. 350 Seiten
- Die fröhliche Wissenschaft. Mit einem Nachwort von Ralph-Rainer Wuthenow.
  it 635. 318 Seiten. it 2678. 320 Seiten
- Die Geburt der Tragödie aus dem Geiste der Musik. Mit einem Nachwort von Peter Sloterdijk. it 2679. 224 Seiten
- Gedichte. Nach den Erstdrucken 1878 bis 1908. Herausgegeben von Ralph Kray und Karl Riha. it 2679. 224 Seiten

NF 43/3/2.04

- Götzen-Dämmerung oder Wie man mit dem Hammer philosophiert. Herausgegeben von Karl Schlechta. it 822. 123 Seiten. it 2680. 128 Seiten
- Jenseits von Gut und Böse. Mit der Streitschrift ›Zur Genealogie der Moral‹ und einem Nachwort von Ralph-Rainer Wuthenow. it 762. 391 Seiten
- Menschliches, Allzumenschliches. Ein Buch für freie Geister. Mit einem Nachwort von Ralph-Rainer Wuthenow. it 2618. 624 Seiten
- Morgenröte. Gedanken über die moralischen Vorurteile Mit einem Nachwort von Ralph-Rainer Wuthenow. it 678. 319 Seiten
- Nietzsche für Gestreßte. Vorgestellt von Ursula Michels-Wenz. it 1928. 106 Seiten
- Über die Frauen. Herausgegeben und mit einem Nachwort versehen von Klaus Goch. it 1335. 320 Seiten
- Unzeitgemäße Betrachtungen. Mit einem Nachwort von Ralph-Rainer Wuthenow. it 509. 387 Seiten
- Von Wille und Macht. Herausgegeben von Stephan Günzel. Mit einem Geleitwort von Gianni Vattimo. it 2984. 256 Seiten
- Wie man wird, was man ist. Ermutigungen zum kritischen Denken. Herausgegeben von Ursula Michels-Wenz. it 1096. 309 Seiten. it 2683. 320 Seiten
- Zur Genealogie der Moral. Eine Streitschrift. it 1308. 157 Seiten

Friedrich Nietzsche. Leben · Schriften · Zeugnisse. Von Ralph-Rainer Wuthenow. Mit zahlreichen Abbildungen. it 2601. 172 Seiten

NF 43/4/2.04

Friedrich Nietzsche in seinen Werken. Von Lou Andreas-Salomé. Mit Anmerkungen von Thomas Pfeiffer. Herausgegeben von Ernst Pfeiffer. it 2592. 361 Seiten

Platon für Gestreßte. Ausgewählt von Michael Schroeder. it 2189. 110 Seiten

Platons Mythen. Ausgewählt und eingeleitet von Bernhard Kytzler. it 1978. 224 Seiten

Platon. Das Trinkgelage oder Über den Eros. Übertragung, Nachwort und Erläuterungen von Ute Schmidt-Berger. Mit einer Wirkungsgeschichte von Jochen Schmidt und griechischen Vasenbildern. it 681. 225 Seiten

Plutarch. Die Kunst zu leben. Ausgewählt und übersetzt von Marion Giebel. it 2603. 195 Seiten

Jean-Jacques Rousseau. Bekenntnisse. Übersetzt von Ernst Hardt. Mit einer Einführung von Werner Krauss. it 823. 917 Seiten

Arthur Schopenhauer

- Aphorismen zur Lebensweisheit. Vollständige Ausgabe mit Erläuterungen und Übersetzung der fremdsprachigen Zitate. Mit einem Nachwort von Hermann von Braunbehrens. it 223. 272 Seiten. it 2959. Gebundene Sonderausgabe. 256 Seiten
- Kleines Schopenhauer-Brevier. Gedanken aus dem handschriftlichen Nachlaß. Auswahl und Nachwort von Rudolf Malter. 285 Seiten. Pappband
- Die Kunst, Recht zu behalten. In achtunddreißig Kunstgriffen dargestellt. Herausgegeben von Franco Volpi. it 1658. 128 Seiten

NF 43/5/2.04

- Schopenhauer für Gestreßte. Ausgewählt von Ursula Michels-Wenz. it 2504 und it 2673. 126 Seiten
- Wege zum Glück. Erkenntnisse zur Lebensbewältigung. Ausgewählt von Ursula Michels-Wenz. it 2171. 382 Seiten
- Die Welt als Wille und Vorstellung. Textkritisch bearbeitet und herausgegeben von Wolfgang Freiherr von Löhneysen. Zwei Bände. it 1873. 1656 Seiten

Arthur Schopenhauer. Leben und Werk in Texten und Bildern. Von Angelika Hübscher. it 1059. 368 Seiten

Seneca
- Seneca für Gestreßte. Ausgewählt von Gerhard Fink. it 1940. 102 Seiten. it 2674. 128 Seiten
- Seneca für Manager. Sentenzen. Ausgewählt und übersetzt von Gerhard Schoeck. it 1656. 120 Seiten
- Vom glücklichen Leben. Übersetzt von Heinz Berthold. it 1457. 205 Seiten
- Von der Seelenruhe. Philosophische Schriften und Briefe. Herausgegeben und übersetzt von Heinz Berthold. it 2954. 430 Seiten

Voltaire. Candide oder der Optimismus. Mit Zeichnungen von Paul Klee. it 11. 192 Seiten

Voltaire. Sämtliche Romane und Erzählungen. Mit einer Einleitung von Victor Klemperer und Stichen von Moreau le Jeune. Übersetzt von Ilse Lehmann. it 209. 489 Seiten

Voltaire. Leben und Werk in Texten und Bildern. Von Horst Günther. it 1652. 129 Seiten

Das Leben des Voltaire. Von Jean Orieux. Übersetzt von Julia Kirchner. Mit einer Zeittafel, einem Personenregister und zeitgenössischen Abbildungen. it 1651. 1024 Seiten

NF 43/6/2.04